Michel Braudeau

Le Raspail vert

roman

Stock

ISBN 978-2-234-09675-2

à Joaquina

I

Tous les soirs, à la tombée du jour sur le vert boulevard Raspail, je suivais des yeux la planète Vénus s'élevant au-dessus des toits de zinc en quittant l'Est. J'allais et venais plusieurs fois dans l'obscurité de l'appartement, passais devant la porte ouverte de la chambre où dormait ma femme, Joaquina, évitant prudemment les chats qui voyaient mieux que moi et se méfiaient de mes pas mal assurés, j'admirais la fuite de Vénus qui montait à la verticale de l'immeuble et devenait invisible. J'écris cela à l'imparfait comme si ces mouvements dans le ciel étaient incertains et changeaient aussi vite que les trajets d'une vie, ce n'est qu'une manière de souligner la faiblesse de mes impressions d'humain à l'époque : le monde ne tournait pas autour de moi, la chose était de plus en plus évidente, c'était plutôt moi qui vacillais parfois à en tomber par terre. J'étais insomniaque, souvent plusieurs nuits d'affilée, et j'avais tout le temps d'accompagner Vénus. À l'aube, elle apparaissait de l'autre côté de mon toit, au-dessus des arbres du cimetière Montparnasse, et pâlissait dans le jour levant.

Je ne dormais pas. Dix fois, vingt fois chaque nuit je me levais pour quelques instants de marche titubante qui ne menait qu'aux grandes fenêtres du salon, au balcon drapé d'un filet pour empêcher les chats de courir dans le vide, vers les oiseaux. Mes souvenirs d'insomnie remontaient à l'enfance, aux nuits d'été en vacances dans la maison des grands-parents à Pontaillac, quand j'ouvrais les yeux vers trois heures du matin. Je savais déjà que je ne pourrais les refermer avant longtemps. Par la verrière du plafond je voyais alors des poignées d'étoiles lancées dans le noir limpide du ciel d'été, des fragments de constellations lentes qui tournoyaient dans une musique inaudible, un silence énorme, à peine deviné, un tonnerre de sourd que chasseraient bientôt la montée du soleil, les cloches de Notre-Dame-des-Anges ou les murmures de mes cousines dans la chambre d'à côté. Adulte, je pris l'habitude des somnifères et des mauvais usages qui vont avec. Si j'avais continué d'en gober des quantités et de boire autant de vin que je l'aimais, le cardiologue me l'avait finalement promis, je serais mort. Si j'avais voulu embrasser les filles autant que le désir m'en venait, surmonter les chagrins qui naissent de ces plaisirs, je serais mort également. Et si j'avais, etc. Tout ce qui fait la vie. Les filles prenaient de l'âge, moi aussi, et les nuits blanches commencées bien avant la soixantaine ne me lâchèrent plus.

Peu après notre déménagement dans ce boulevard que je m'obstinais à qualifier de « vert » – ce qu'il était sans doute dans cette partie spacieuse entre le carrefour Montparnasse et le Lion de Belfort, où il comptait quatre rangées d'arbres sur de larges trottoirs, un vert de laitue à la belle saison –, je connus un soudain malaise en quittant Le Gymnase, mon café habituel au coin de la rue Huyghens, pour rentrer chez moi, quelque cent mètres vers le Lion. Un mal de crâne, un vertige, les genoux se dérobant, à peine le temps de saisir l'épaule de Joaquina, ma femme, et le bras d'Alice, une amie, avant de tomber. Je ne m'étais jamais évanoui auparavant. Le médecin chez lequel j'allais ce jour-là – et que je soupçonnais d'avoir été bizarrement à l'origine de ma pâmoison sur le macadam – me reçut aussitôt avec une gentillesse terrible, me couvrit le torse de ventouses connectées à des fils de couleur et pianota sur un petit clavier. Je devins sans un geste, sans un mot, un billard électrique parcouru de râles et de hoquets, comme un monstre marin en fin de vie, dont l'homme en blouse blanche abrégea l'agonie bruyante en tournant un simple bouton : « On a beaucoup de chance. Un taxi va vous emmener à la clinique rue de Turin. Ma femme vient de l'appeler. Oui, tout de suite, on n'a plus le temps. » J'étais kidnappé, comme le baron Empain. Ce n'était pas douloureux sur le coup, juste violent. Il y aurait une rançon à verser, mais à qui ? On n'en parlait pas encore et je la payais déjà en perdant pied sans prévenir sous les arbres verts du Raspail, tel un ivrogne rouge, un lapin fusillé.

Plutôt qu'une rançon calculée sur une fortune imaginaire, c'était en fait une dette inexplicable dont un homme de loi réclamait le paiement longtemps différé. Les premières heures de mon entrée en maladie se passèrent les yeux clos dans un demi-sommeil à peser les excès de ma vie passée sans en déplorer un seul. Il y aurait eu de quoi, à en juger certains souvenirs, mais j'étais un caractère plus porté aux regrets qu'aux remords. On me dit par la suite que j'avais été odieux dès mon arrivée à Ambroise Paré à Neuilly. Le chirurgien Grinda, qui avait déjà tiré d'affaire mon ami péruvien Fernando, me décrivit les six heures qu'avait duré l'opération à cœur ouvert, dont les détails me parurent d'un comique scabreux. Je ne me souvenais que du réveil après l'anesthésie et des jours suivants en réanimation. Des nuits surtout, dans une fausse lucidité, plein d'une vraie colère. Je rêvais que Joaquina dormait dans un lit derrière le mien, ce que je ne pouvais vérifier, et je lui demandais de se réveiller, de m'aider à sortir de là, ou au moins d'aller nous chercher des croissants pour le petit-déjeuner. Elle ne répondait pas. On m'avait imposé un masque à oxygène pour m'aider à respirer et je l'avais arraché. Les infirmières antillaises m'avaient réprimandé, aussi parce que je les appelais à tue-tête dans le noir, et j'avais griffonné des bouts de papier où je les traitais de nazies d'outre-mer. Elles répondirent à ma rébellion en m'attachant les mains et en m'enfonçant des tuyaux dans la gorge, ce qui confirma à mes yeux l'hypothèse d'un sombre complot. Et dans la chambre où l'on me laissa respirer normalement après ces jours de torture en sous-sol je restai figé devant le téléviseur mural où des foules en larmes défilaient dans les rues de Paris : on célébrait les funérailles de Johnny et je pleurais moi aussi, comme presque tout le monde. « Aime-moi, aime-moi plus fort/ Empêche-moi de me détruire, / [...] Derrière ce grand rideau noir/ Tu m'interdis d'aller voir ».

J'avais beaucoup aimé pendant vingt ans, rue du Commandant-René-Mouchotte, pas seulement des chansons. Des jeunes corps et de belles imprévues, je ne m'étais privé de rien, ni de bouteilles ni de perlimpinpin, puisqu'il faut nommer en termes flous ces poisons incertains que l'on a tant rallongés. Mais depuis que Joaquina m'avait rejoint dans cet étage planté au ciel, le quartier avait continué de se détériorer. Le saccage immobilier déclenché sous Pompidou avait repris et notre rue absurdement large, prévue avant la mort de ce Néron pour conduire une autoroute jusqu'à Notre-Dame, était envahie de pelleteuses, noyée de poussière, on annonçait des travaux ruineux pour rhabiller les murs de verre trop sensibles au soleil. La plupart des amis anciens et nouveaux que j'avais dans l'immeuble à vingt ans, après la place des Vosges et les rues de Beaune et Las-Cases, étaient envolés ou morts. Il était temps de quitter le navire. La recherche d'un autre appartement ne nous prit qu'une matinée. Sur le boulevard Raspail, un architecte avait construit dans les années 1960 un bâtiment d'une dizaine d'étages traversant à l'arrière vers le cimetière Montparnasse, qui nous parut offrir mystérieusement le confort et la paix que nous ne trouvions plus à Mouchotte. Cet architecte était décédé en laissant un duplex et deux terrasses au sommet de son œuvre à sa fille Michèle et celle-ci déployait de grands tableaux où chaviraient des cieux embrasés, des palmiers et des plages, des océans renversés. Elle était peintre officiel de la Marine et amie de Kersauson.

En plus de ce titre, qui sonnait plus noble et aventureux que l'Académie française, elle possédait quelques logements bien distribués dans la copropriété qui la faisaient passer pour une châtelaine aux yeux de certains. On nous en informa avant même la signature chez le notaire, avec une pointe d'aigreur. Mais nous étions plutôt curieux de savoir ce qu'était le « studio de Sartre », mitoyen des jardins suspendus de Michèle Battut. Celle-ci ne put nous le faire visiter, pour l'heure il était loué à un scientifique qu'il était plus courtois de prévenir. Toutefois elle pouvait nous parler du grand homme si petit qui avait sur le tard éclairé mes jeunes années. En quittant son appartement de la rue Bonaparte à l'angle de la place Saint-Germain-des-Prés, à la suite d'un plasticage, Sartre était monté à Montparnasse, avait trouvé un logement pour sa mère et pour lui ce studio d'où il pouvait s'imaginer veiller plus ou moins sur elle et sur Simone de Beauvoir qui vivait déjà rue Victor-Schœlcher, en bordure du cimetière. Quand il vint habiter le studio, Michèle Battut avait seize ans, lui en avait cinquante-sept, il était mondialement connu, résolument modeste et comme il travaillait beaucoup la nuit en buvant du whisky et parfois balançait à l'aube une bouteille vide par le bruyant vide-ordures côté cour, celle-ci se fracassait devant la loge de la concierge, dans le noir. Dès son réveil, le philosophe dégrisé venait s'excuser auprès de cette dernière et la couvrait de billets pour se faire pardonner. À tel point que celle-ci souhaitait même qu'il eût d'autres accès de bonne humeur et qu'elle adopta très tôt un des traits les plus éminents de la philosophie de son locataire : le mépris de l'argent. Il en gagnait suffisamment et quand il refusa le Nobel en 1962, prix très largement doté, il reçut des lettres de protestation le priant de l'accepter au contraire pour en faire profiter de plus nécessiteux qui n'auraient jamais cette chance, ce dont une certaine presse rarement avare de la charité d'autrui se fit l'écho. À tous les curieux, la concierge répondit du ton humble d'une secrétaire dévouée que si monsieur Sartre avait dit non c'était qu'il avait de bonnes raisons pour cela.

Par ailleurs, le studio rassemblait souvent des amis philosophes ou élèves, des plumitifs de tout poil qu'on appelait encore « intellectuels » avant que le ressac de 1968 ne chasse tout esprit. On faisait là une petite bamboula comme il n'y en avait plus guère à Saint-Germain-des-Prés. Puis la santé de Sartre avait beaucoup décliné, sa vue notamment, il avait lancé dans la bataille toutes ses forces pour mener à leur terme quelques-uns de ses ultimes grands projets, avec de fortes doses de Corydrane, et devenu incapable d'écrire avait dû suivre sa « famille » de fidèles au 29 boulevard Edgar-Quinet, sa dernière adresse avant le cimetière. Je viendrais en voisin à son enterrement, le 19 avril 1980, il suffirait de traverser la rue de la Gaîté, de passer devant le café La Liberté, dont j'étais comme lui un habitué et que j'aimais pour sa grande mosaïque. Mais lui, je ne l'avais vu que très rarement de son vivant, une fois au fond de l'ancienne salle de La Coupole avec Simone de Beauvoir, les traits déjà brouillés, comme si la noble dame au turban était venue dîner avec le portrait encadré d'un très abîmé compagnon peint par Francis Bacon, et à plusieurs reprises dans le grand amphithéâtre de la Sorbonne ou sur un trottoir du boulevard Beaumarchais, en train de vendre *La Cause du peuple*. Et tant de fois à la télévision, tirant sur sa pipe, descendant les marches de l'Élysée, soutenu par Raymond Aron, debout sur un tonneau à Billancourt pour apostropher de sa voix métallique la classe ouvrière épatée.

La concierge du 222, madame Joseph, l'avait bien plus fréquenté que moi et que tous ceux qui vinrent pour la « cérémonie des adieux », ainsi que l'a raconté Beauvoir. On savait ce jour-là qu'on ne verrait pas de sitôt un autre joueur de flûte de ce calibre, il y avait dans l'air qui se déplaçait au-dessus de la foule comme une tendresse. Dès que le hasard me conduisit entre les murs de son « studio », j'insistai pour que l'on accède à la proposition de Michèle Battut et que l'on fasse poser à l'entrée de l'immeuble une plaque en hommage à l'auteur des *Mots*, le seul de ses livres qui me touchait de façon intime, qu'il avait écrit dans son perchoir, ici. De jeunes bourgeois qui ne devaient pas lire beaucoup, inspirés par un courage anonyme, abîmèrent bien vite la plaque à coups de marteau, un jour qu'ils étaient venus s'indigner dans les parages en vandalisant une banque et la devanture du restaurant Le Duc avec leurs mots à eux : « Mangeons les riches ! » D'ailleurs, qui sait ? Le petit homme paradoxal qui avait trouvé subtil un jour d'aller pisser sur la tombe de Chateaubriand à Saint-Malo leur aurait peut-être prêté la main.

*

Le Raspail Vert, c'était le nom du café à l'angle du boulevard Edgar-Quinet et du boulevard Raspail, qui s'était aussi appelé Le Jockey, dont le destin fut étroitement lié à celui du Centre américain voisin, établi à l'ombre d'un fameux cèdre centenaire ici planté par le même Chateaubriand que Sartre crut humilier de son existentialiste pissat. Après des péripéties financières qui m'échappent, le café avait déjà perdu son nom quand Joaquina et moi abordâmes dans le quartier, rebaptisé désormais Maison Edgar en hommage au poète et républicain Edgar Quinet. Mais il reste lié dans ma mémoire à la couleur verte, celle de l'absinthe, de l'espérance et des arbres que je voyais frémir à nos fenêtres. Ce vert du Raspail était joyeux dans la journée, du printemps à l'automne, il apaisait les premières saisons du réchauffement climatique. Le soir il virait au noir, s'agitait dans les bouffées de vent que soulevaient les camions qui livraient la ville, et les feuilles balancées dans la lumière des lampadaires formaient par moments des visages humains qui se décomposaient, se ramassaient sans bruit comme des menaces. De l'autre côté, à l'ouest, les masses arrondies des feuillages du cimetière étaient plus éloignées, moins secouées, ne dessinaient rien d'inquiétant. Le danger ne viendrait pas des morts, ils avaient déjà fait le pire et sauraient attendre. Cela étant dit pour le vert juvénile de l'ancien Jockey, il n'était pas mon établissement de référence. Tout comme en arrivant rue de Beaune j'avais élu d'instinct La Frégate, pour un premier repas, ici j'étais descendu au Gymnase, le café légitime de notre nouvelle vie. Il avait pris son nom de la salle de sport en face du lycée Paul-Bert, rue Huyghens, que j'ai toujours vue fermée sans le moindre élève pour s'y exercer. Les athlètes du café levaient le coude plus souvent que la fonte, parlaient fort, faisaient claquer le flipper, on n'entendait rien de compréhensible tant que durait l'heure des repas. Le charme de l'endroit ne se révélait qu'avant ou après, en fin de matinée, dans la paix de l'après-midi, quand paraissait l'harmonie des tables de bois et de la terrasse vitrée sur le trottoir, un équilibre s'appuyant sur un chiffre d'or, qui me faisait penser au café Bräunerhof à Vienne, si clair, si tranquille, dont le meilleur client et le plus furieux était l'écrivain Thomas Bernhard. Cette atmosphère sereine d'aquarium se dissipait avec l'arrivée des clients, touristes, artisans au moment de la pause, étudiants du centre culturel, retraités habitant les parages avec leurs petits-enfants, une foule débonnaire que traversaient les anges principaux de la maison, la blonde et dynamique Bella, le grand Normand Olivier, et le jeune Édouard, l'œil brillant et le crâne chauve, qui dès le début de ma vie au café se montrèrent aimables, bavards à l'occasion, secourables quand je perdis l'équilibre à plusieurs reprises, indulgents avec mon humour parfois sans charité, et très patients. Des qualités de cœur et d'esprit que l'on ne rencontre pas souvent à la même adresse comme le savent tous les Parisiens de mauvaise humeur. Ces trois-là prenaient le temps de discuter avec leurs habitués, de les écouter sans trop les flatter, de les contredire au besoin, d'exister loin du modèle des garçons de café plus ou moins morts vivants disséqués par Sartre dans des pages excessivement fameuses. Ils savaient aussi se taire à bon escient, ne pas cancaner, ce qui était rassurant. Et ne parlaient pas de politique.

Avec les beaux jours qui se multipliaient pour annoncer la fin du monde imminente la terrasse ne désemplissait pas. On y déjeunait sur des chaises boiteuses et des tables bancales installées au pied des arbres, sur l'asphalte des trottoirs. Le revêtement du boulevard était fait d'un mélange de goudrons sur lequel la pluie glissait vite mais qui chuintait bruyamment sous les pneus des voitures, comme un baiser disgracieux toujours recommencé. On n'entendait plus que quelques mots dans la conversation si l'on faisait encore l'effort d'en singer une. Le mieux était de retenir pour après les instants où les phrases échangées s'étaient noyées. Ou bien de se taire, de n'échanger que des regards entendus. Certains clients en terrasse tentaient de poursuivre une discussion commencée ailleurs ou se croyaient assez courageux pour tenter un aveu d'amour, difficile à répéter à voix haute. De toute façon, je n'étais qu'en partie gêné, atteint depuis longtemps par une surdité croissante qui se mêlait désormais à la faiblesse nouvelle de mon cœur, et devait m'isoler de plus en plus du commerce de mes semblables, si peu semblables, pensais-je naïvement.

Après l'intervention savante, héroïque du chirurgien sur ma personne endormie à Neuilly, qui dura quelque six heures dans la salle d'opération glacée et qu'il fallut refroidir davantage pour que mes abats provisoires ne deviennent pas viande morte, avec mon cœur, si j'ai bien compris, mis de côté dans un récipient près de la table ou l'autel de mon sacrifice, un ravier pour les radis ou un de ces ramequins dans lesquels on me servait au Gymnase de la glace à la gianduja; pendant que mon sauveur athlétique et savant s'efforçait de me tirer d'affaire dans un état fragile mais encore voisin de la vie, se livrait à un délicat travail de dentellerie en brodant bord à bord ce qui subsistait de mon aorte aux trois quarts bousillée par une jeunesse dissolue, des veilles enfumées au tabac américain, rincées au vin de Pommard dans les périodes fastes, ces festons de ma veine capitale esquintée, avec un morceau robuste et quasiment neuf d'une autre veine solide, prélevée sur un vaillant cochon dont j'ignorais l'identité, le petit nom (et je laisse bien sûr la question de la religion de ce prêteur définitif pour éviter d'exaspérer les fanatiques dont je ne suis pas), tout un travail de haute couture dont le chirurgien était assez fier et qui dut l'amuser sur le moment, puis replaçait mon cœur presque gelé de vil séducteur, moi qui suis plus sentimental que l'animal qui me sauvait dans l'instant, et demandait peut-être à un assistant de remettre un peu de chauffage dans ce foutu bloc où on allait s'enrhumer et de refermer le bonhomme frigorifié qu'il lui abandonnait sur la table, avec sa rustine en goret et son air pâlot, de le recoudre bien serré : « Il m'a dit qu'il écrivait des romans, ça ne m'étonnerait pas qu'il nous taille un costume quand il sortira d'ici, s'il en sort », suite donc à ce colossal tour de passe-passe qui redistribuait mes forces et mes défaillances comme une armée redéploie ses troupes après avoir essuyé un mauvais coup, une fois la manœuvre napoléonienne du général chirurgien en chef accomplie sur mon modeste champ de bataille, je fus un certain temps dans le brouillard indolore de l'anesthésie se dissipant, puis dans un épais coton d'au-delà. Des fragments à peine éclairés du monde réel clignotaient juste assez pour indiquer que le décor d'avant n'avait pas disparu, qu'il revenait par petites touches, encore quelques nausées, plongées dans l'oubli, et je reprendrais pied, jusqu'à discerner une voix devenue presque familière : « Il va falloir faire un effort, avaler une cuiller de potage, c'est bon le potage, non ? » Tellement bon qu'il me tombait dans l'estomac comme une armoire, et ce n'était que le début de la récupération d'une vie rafistolée.

C'est après que les choses se gâtèrent, les jours suivants, surtout les nuits. Comme si le processus du réveil s'était enrayé, remplacé en un jeu de mots par l'objet réveil avec ses deux cloches à l'ancienne et son gros tic-tac, mais n'avançant jamais, découpant la même seconde immobile, éternelle, dont je ne m'échappais pas. Je ne pouvais appeler, ni crier, juste grogner en essayant de cracher les tubes, espérer que Joaquina m'entendrait, déferait mes entraves, j'étais sûr qu'elle veillait sur moi juste derrière, sans doute endormie. Mais toujours les infirmières surgissaient avant elle, vociféraient, me demandant si j'avais encore trempé mon matelas, à cette heure-là, elles aussi auraient préféré rester au lit, renouaient mes menottes, « pas la peine d'enlever ses tubes, il n'a que des injures à nous dire ». Les portes se refermaient une fois de plus, nuit après nuit, au fond du souterrain. Des jours plus tard, on me fit remonter à la surface, le tic-tac était parti, j'avais les mains libres et le gosier aussi. Le médecin en m'écoutant fit mine d'être surpris : « Comment ça, les infirmières en réanimation, méchantes ? Mais non, on me dit que vous avez déraillé, à cause de l'anesthésie, six heures à évacuer, ce n'est pas rien, parfois ça provoque des crises d'extrême droite. Vous leur avez dit de ces choses... Offrez-leur des fleurs, elles comprendront. » On me monta à la surface, en soins intensifs. Je retrouvai Joaquina, qui était venue tous les jours sans rester la nuit, alors que j'avais cru parler avec elle dans le noir. Si j'étais vivant, je le lui devais autant qu'à l'artiste chirurgien. Sa présence réelle ou imaginée en aveugle m'avait protégé et tenu en contact avec le monde au-dehors. Elle était épuisée par les transports, l'inquiétude, mais elle était du côté de la vraie vie, du soleil, et bientôt je serais assez solide pour rentrer au Raspail. Au terme de quatorze ans de vie commune, tout était devenu clair d'un coup, c'était le moment lumineux : je l'aimais tant que je ne trouvai rien de mieux que de la demander en mariage, sans mettre un genou à terre, allongé sur mon lit de résurrection. Un peu surprise, elle accepta et, jetant un œil sur le téléviseur qui repassait en boucle ses mauvaises nouvelles en larmes noires et blanches, ajouta : « Eh oui, c'est vrai, Johnny est bien mort. »

*

Au printemps, le 13 juin, j'étais assez rétabli en apparence pour me marier. C'était ma première fois, je n'avais jamais essayé auparavant, cela m'avait semblé trop conventionnel, je n'avais pas encore l'âge. Tous ces obstacles s'étaient évaporés sur la table d'opération. La convention, bien entendu, c'en était une par définition, *cum venire*, venir ensemble, heureusement que Joaquina était venue dans mon naufrage, même en rêve, je n'aurais pas d'équilibre sans elle avant longtemps. À vingt ans, j'aurais voulu épouser l'une ou l'autre de celles à qui je ne l'avais pas demandé, elles avaient refusé sans un mot, la méfiance régnait. Maintenant, je ne craignais plus l'échec ni les sornettes de Sacha Guitry sur le mariage que serinait la radio dans mon enfance. Blagues de cocu. En sortant de la mairie du XIVe arrondissement, nous étions une vingtaine d'amis à boire du champagne au café voisin, le Rubis. Tout s'était bien passé, sans faire mal, j'avais marché sans trébucher au bras de Joaquina, qui avait l'habitude du théâtre. Je n'arrivais pas encore à dire « ma femme » avec assez de naturel, ces mots résonnaient pour moi de façon grossière, comme si j'étais un abruti de Cro-Magnon grognant « ma femelle », bien qu'à la préhistoire peu d'unions aient été assorties d'un serment et de champagne. Il ne me fallut pas longtemps pour dénicher le sentiment bizarre qui s'insinuait dans ce petit air de fête : le 13 novembre 2015, moins de trois ans plus tôt, nous étions allés écouter une conférence à la mairie le soir, puis dîner dans ce même café Le Rubis, quand un des serveurs était entré en toute hâte pour annoncer aux clients d'une voix forte qu'ils devaient se lever au plus vite, régler l'addition et rentrer chez eux. Ordre de la police. Plusieurs attentats venaient d'être signalés en même temps dans Paris, notamment au Bataclan. Il y en aurait peut-être d'autres. Nous avions pris un des derniers taxis pour la rue Mouchotte où beaucoup de nos voisins se précipitaient chez eux pour suivre comme nous les informations devant leur télévision. Le Rubis était ainsi à jamais tatoué, comme ces endroits où l'on avait vu sur un écran, le 21 juillet 1969, Neil Armstrong marcher sur la Lune.

Ensuite, le 18 juin, nous avions déjeuné en comité restreint à la Maison de l'Amérique latine où nous connaissions chacun, avec Fernando et son épouse Anne, des amis de longue date, le président Alain Rouquié et Stéphanie, et le couple des Vitrani, François et Christine. Assise en face de moi, la chère Marguerite de ma jeunesse était venue avec un de ses petits-fils et ses deux maris, l'ancien et le nouveau. Son fils bien-aimé nous avait réconciliés après une brouille d'une vingtaine d'années en lui racontant comment j'étais rescapé de justesse d'une mort un peu prématurée, puis s'était éclipsé sans s'asseoir, refermant entre lui et moi une longue époque de vacances célibataires. Aucun membre de ma famille n'était présent, j'étais trop vieux. Joaquina semblait à l'aise entre ses tantes et ses cousines, et moi, j'étais dans le confort des affections bien éprouvées, Philippe Demanet, Louis Chevaillier, Alice d'Andigné, étonné de me sentir si calme alors que je redoutais d'être au centre de toute réunion, pathétiquement timide. Enfin, je m'autorisai à ne pas obéir au rituel d'un discours de courtoisie pour remercier le ciel, ma chance et nos hôtes. Alain Rouquié murmura un bref reproche devant mon silence inexpliqué, puis ne s'en soucia plus. Les conversations reprirent avec le café. Il y avait un soupir de Pérou dans l'abandon de tout protocole.

II

Bien des années auparavant, j'avais commencé d'écrire un livre qui n'aurait jamais de fin. Je lui en avais inventé une, sans doute, après trois cents pages, par lassitude, pour mettre un terme à l'épuisante corvée que je m'imposais chaque nuit sur la table de la cuisine, penché sur ma pile de cahiers d'écolier – à presque trente ans –, coincé dans le chapeau pointu d'un toit de la place des Vosges, et pour rendre un manuscrit à mon éditeur patient. Il ne devait pas s'attendre à cela, même après m'avoir beaucoup entendu développer mes projets échevelés. J'avais fait sa connaissance de manière presque accidentelle par le biais d'une nouvelle dont l'idée m'était venue en préparant un examen d'histoire du droit. Ne sachant quel métier me conviendrait, j'avais entendu dire que le droit menait à tout sans rien empêcher et que l'on pouvait l'oublier après l'avoir appris. Reculer pour mieux sauter, procrastiner encore, en somme. Pour autant les examens étaient nombreux et demandaient un certain effort de mémoire. Pendant la guerre, mes parents avaient noué une forte amitié avec un médecin, Georges Meltz, et sa femme, Colette, et leur parlèrent de mes difficultés à retenir les listes, les dates, les exceptions qui font le charme migraineux des matières juridiques, notamment l'histoire des institutions dans une période que l'on n'étudie pas à l'école en France, entre la fin de l'Empire romain et l'établissement de la monarchie. Georges leur dit qu'il fallait m'aider. La guerre avait favorisé quelques avancées notables en médecine et en pharmacie. Il pouvait me prescrire un traitement modéré de quelques ampoules d'amphétamines qui me permettraient d'apprendre rapidement mes pensums. À moi, il précisa en me tendant la première boîte : « En revanche, il est probable que tu ne retiendras rien très longtemps. Tu oublieras vite. Mais tu t'en fous, j'imagine. Tu ne seras ni avocat ni juge ? » De fait, je passai mes examens avec excitation, non sans rêvasser beaucoup par moments. C'est ainsi que me vint l'intrigue d'une nouvelle sur le caprice architectural d'un solitaire amoureux, que je n'eus qu'à écrire en dix jours de vacances. Et que j'acquis assez traîtreusement l'illusion durable d'une vocation facile.

Ces ampoules n'étaient pas trop puissantes (« Je ne te donne pas les doses des nazis, t'inquiète » disait Georges), mais à dix-sept ans j'étais vierge aussi dans ma tête. Est-ce que les vitamines de Hitler avaient commencé de fragiliser mon cœur ? Je l'ai cru. Un été en Italie, je n'avais que treize ans quand je plongeai en apnée à Palinuro, un village non loin du temple de Paestum. J'avais des « dispositions », me dit un moniteur. En descendant à douze mètres je ressentis un pincement vif dans la poitrine. Rien de grave, mais la douleur ne me lâcha plus jamais dans cet exercice. Quelque chose avait dû se déchirer ou se fendiller. Cet été-là j'avais reçu un autre coup de poignard en croisant le regard moqueur d'un fils de pêcheur, à peine plus âgé que moi, qui manœuvrait la barque de plongée. Quand je fus malheureux, place des Vosges, en perdant l'amour de Céline, je me souvins du jour de sa naissance et du calcul qu'elle avait fait pour en déduire précisément le moment où ses parents l'avaient conçue, dans ce même village de Palinuro où j'avais été, bien avant elle, avec mes treize ans déjà compliqués. Sa mère y était seule en septembre et son père n'était venu la voir de Paris qu'une fois pour remonter avec elle en France : Céline, à peine engendrée, était capable de tout.

En quelques années rapides, un pincement que je sentis à plusieurs reprises placé dans ma cage thoracique comme un oiseau prisonnier qui se révoltait chaque fois que je fournissais un effort soudain, un regard provocant, la menace d'un embryon de sorcière remonté comme une pendule mortelle, se conjuguèrent pour donner à mes rêveries une élégance anglo-saxonne, pas du tout dans l'air du temps, ce qui d'une façon me rassurait : je ne copiais personne. Mes ancêtres cachés étaient du côté de Villiers de l'Isle-Adam et d'Edgar Poe. Ce gothique n'était pas conscient ni délibéré. Il était cousu de mes sympathies pour des auteurs oubliés, de désirs irrésolus, de rêves un peu maniaques qui, une fois conjugués dans mon sommeil survolté, avaient trouvé ensemble une harmonie accidentelle. Comme tout ce qui forge de manière irréparable un caractère, cette fusion se mettait en place toute seule, je ne pouvais y renoncer. Mon premier conte publié était né à toute allure, sans que je m'efforce d'être un autre, je l'avais écrit avec mon corps.

Dans le livre « sans fin » que j'imaginais ensuite, incapable encore d'y mettre la main tellement je le voulais touffu et tranchant, comme un chou-fleur sous une serpe, sobre et riche – c'est l'usage à cet âge inquiet de faire son testament en venant au monde, avant de parler ou d'avoir un sou à léguer, embarrassé par l'ambition d'un chef-d'œuvre simple – il y avait des personnages presque abstraits dans des aventures alambiquées au milieu d'un monde réel. C'est plus ou moins ce que j'esquissais à Jean Cayrol. Il eut la bonté de sourire avec amitié. « En somme, tu veux nous refaire le *Quichotte* ? » Tout juste, on pouvait le voir ainsi. Mais je savais que j'étais trop jeune, je me casserais la figure. « Et alors ? dit-il. C'est justement ça le sujet. Chaque fois que tu rateras le *Quichotte*, cela deviendra un chapitre du nouveau *Quichotte.* » J'en étais resté pantois d'admiration. Ces romanciers qui avaient traversé la guerre, ils étaient forts quand même pour faire un banquet avec trois fois rien, deux légumes et trois sardines. Le grand art des rescapés. Pas besoin d'avoir lu Mao Zedong. Il me faudrait attendre un peu, prendre de la bouteille. J'en pris sans doute trop, oubliant ce que j'attendais exactement et en effet l'écriture devint un projet impossible à conclure.

*

« Vous nous mettrez dedans ? demande Édouard, le garçon du Gymnase à qui j'annonce mon projet d'écrire un petit tome de mes mémoires, consacré à la couleur verte du Raspail.

– Oui, toi et les autres. Vous y serez tous, avec les morts du cimetière. Et mon cœur aussi. Tu me dis "vous" à présent ?

– Va savoir, c'est comme ça vient. Je ne dois pas être votre premier garçon de café, je suppose. Un personnage obligé, surtout quand on habite chez Sartre, non ? Et encore, je n'ai pas le grand tablier blanc, le gilet noir pour la monnaie et la serviette sur l'avant-bras. Je suis un mec banal, en jeans, chemise au vent. Je lis *Le Monde* et *Libé*, des canards de vieux, je prends mes vacances au Maroc. Le reste de l'année, comme tout le monde, je décline.

– Le blues du Gilet jaune ?

– Le kiosque à journaux d'Éric, là, sur le trottoir, il a au moins cinq numéros spéciaux par semaine sur le déclin de la France, en permanence. Les gens adorent ça. »

Je parle peu de politique avec Éric et sa femme Béatrice, encore moins que jamais depuis qu'ils ont un chat nommé Silver. Ils vendent des journaux de toutes tendances et ne doivent pas se fâcher avec les clients par des commentaires désobligeants sur leurs lectures favorites. Ils n'en lisent peut-être aucun, même pas les pipeules ni les sportifs. Et maintenant, avec Silver, ils n'ont plus le temps pour ces papiers morts. Du jour au lendemain ils ont redécouvert l'amour. Je passe devant le kiosque et ils me hèlent en brandissant chacun leur téléphone : des photos de Silver en train de manger des croquettes dans la cuisine, ou prisonnier d'une pelote de laine éventrée. Je m'arrête pour communier avec eux dans l'adoration de ces trésors qui nous amusent et nous émeuvent plus que les milliards d'humains qui piétinent le globe et se lancent sur les mers sans savoir nager, à la conquête d'une terre charitable. Éric et Béatrice sont persuadés que les chats nous rendent bons. Les chiens également, mais il faut les sortir. Au bout d'un moment Éric demande comment va Joaquina. Bien, bien. J'ajoute : « Les chats aussi. » Mes chats les intéressent moins, mais ils me reconnaissent une certaine ancienneté dans ce domaine et je dois me retenir pour ne pas leur en faire tout un roman.

Comme tout Européen j'ai eu des chats très tôt dans ma vie. Mes grands-parents à Pontaillac hébergeaient une chatte qui réussit à survivre plus de quinze ans aux étés où les vingt et un petits-enfants de ma génération envahissaient la maison rue de Cognac et tentaient d'attraper la queue de la bête. Ils n'y parvenaient presque jamais, la sauvage Moune se réfugiait au fond de la cave sur le grand tas de charbon. Elle se passait de notre compagnie et se vengeait en dérobant dans la cuisine une ou deux soles enfarinées qu'on nous destinait. Plus tard, place des Vosges, quand je trouvai un petit appartement, à la fin de notre vie communautaire, j'accueillis un chat breton tout noir que me confia un ami, un animal très doux et réservé qui restait parfois caché une journée entière derrière les livres de ma bibliothèque, aplati et silencieux. Je lui faisais peur et il chercha très vite à me quitter, moi et mon sale caractère colérique d'alors. Il faut dire que bien des habitants de l'hôtel de Richelieu avaient pris ce ténébreux Cambyse en affection et lui offraient des plats avec lesquels je ne pouvais rivaliser: des restes de langoustines ou d'écrevisses qui le flattaient mieux que mes pauvres rates de porc. Je lui rendis sa liberté, fâché de n'avoir su me faire aimer, et dus me contenter de rares caresses lors de nos rencontres dans la cour fleurie ou l'escalier d'honneur. Par la suite, je n'eus aucun animal avec moi au cours de mes années célibataires. Je voyageais trop souvent et il fallait rester disponible pour les bonheurs du hasard.

En vivant à Montparnasse avec Joaquina, je devins familier avec un chat qu'elle n'avait plus mais qu'elle sut me raconter avec assez de vie pour qu'il vienne à me manquer à moi aussi. Un petit chat gris qui l'adorait et que son ancien mari traitait durement. Les descriptions qu'elle en faisait étaient si éloquentes que je compris combien il avait compté pour elle. Des amis nous renseignèrent sur un couple qui élevait des chats gris – des bleus russes, précisément, plus élégants que les banals chartreux de nos campagnes – dans un village près de Giverny, lieu enchanté par Claude Monet, avec ses nymphéas, sa cuisine bleue, sa salle à manger jaune soleil qui voyaient défiler des autobus de Japonais à la belle saison. Ludovic, le maître des chats, et sa femme réparaient des machines de jardinage, des débroussailleuses, et veillaient sur une population de bleus russes, de nebelungs et de maus égyptiens en constant renouvellement. Les petits étaient à l'abri dans la chambre à coucher des humains, pendant les premières semaines de leur vie, chacun portant un collier en tissu de couleur pour indiquer sa filiation quand ils risquaient d'être confondus lors de naissances nombreuses et simultanées. Après quelques semaines, les chatons étaient admis à se mêler aux plus âgés dans le salon du rez-de-chaussée, encombré de meubles, de perchoirs et d'ordinateurs où s'exerçait leur apprentissage du terrain d'obstacles. Ludovic correspondait par Internet avec quantité de clients et de confrères tout en laissant les petits escalader ses jambes et son dos et retomber sur le clavier ou l'écran, et nous expliquait la psychologie de ses pensionnaires. Je lui avais décrit par téléphone le chat qui manquait tellement à Joaquina et il avait déjà choisi avec beaucoup d'intuition un jeune garçon parvenu à maturité pour s'envoler avec nous, un bleu russe nommé Aleksi.

Quitte à faire sourire les faux amis de l'humanité qui ne croient pas aux qualités du monde animal, je reconnus en cet adolescent impeccable le prototype de ce que j'appellerais « un type bien ». Grand dès son jeune âge, la fourrure impeccable et soignée comme un uniforme, il portait le prénom dont j'avais rêvé pour lui la veille. Il avait un caractère à la fois retenu et ardent, qui le porta dès le premier jour à ne plus voir que Joaquina entre nous deux. À l'évidence, il savait pertinemment être d'abord un chat pour elle. Cette élection arrive aussi avec les enfants, dira-t-on, mais pas toujours de manière aussi franche. Sitôt emmené dans un panier chez nous, il fit un tour rapide de l'appartement rue Mouchotte, regarda Paris d'en haut, ce qu'il n'avait jamais connu, puis se dirigea vers notre chambre et attendit que sa maîtresse le rejoigne et ferme la porte sur eux. Je ne saurais jamais quel pacte ils conclurent tous deux en quelques minutes mais il y en eut un, muet, indestructible, aussi long que sa vie de chat. Dans les jours et les semaines qui suivirent, je perdis toute autorité sur lui, pour peu que j'en aie eu l'illusion, et me vis condamné au rôle du mari trompé. Les choix d'un animal ne se discutent pas.

Aleksi me respectait plus ou moins, à cause de ma taille, de ma voix, mais ne m'obéissait pas. Il se fichait complètement de ce que je pouvais lui dire, n'écoutait que Joaquina, notre maîtresse. Je n'étais pas jaloux. Il exprimait tant d'amour pour elle, une fascination dévouée si honnête que je ne voyais rien à lui reprocher. Lorsque des amis nous invitèrent à passer quelques jours en bord de mer en été, ou à la campagne en hiver, l'étudiant qui nous servait de nourrice pour Aleksi se chargeait de lui donner à manger. Il nous expliqua cependant que la solitude était difficile à supporter pour un chat comme lui, si dépendant de l'affection d'un être humain. Il serait sage à l'avenir d'envisager l'adoption d'une petite camarade plus jeune, de la même race, dont il se sentirait l'aîné. Nous reprîmes la route de Giverny pour les beaux yeux d'une minuscule bleue russe, Nastassja, si légère et fluide que même ce prénom illustre lui semblait taillé trop grand et qui paraissait nous connaître depuis longtemps, nous, la rue Mouchotte et Aleksi, comme héritière d'une longue séquence de réincarnations : elle avait déjà été parmi nous, dans une autre vie, et ne s'étonnait de rien. Son aspect surnaturel se révéla très clairement quand elle se mit à courir sur les pattes avant en levant son train et ses pattes arrière en l'air, imitant assez bien la fameuse marche en canard de Chuck Berry quand il chantait sur scène *You Never Can Tell* ou *Johnny B. Goode*. Impossible de deviner ce qui avait pu l'amener à cette posture comique. Nastassja avait des connaissances d'un autre monde, le phénomène était indiscutable autant qu'inexplicable. Il avait en contrepartie un inconvénient souvent lié aux cas de beauté miraculeuse : il entraînait une fragilité redoutable chez le sujet. Nous avions confié la garde de Nastassja à la sœur d'un vétérinaire du quartier pendant quelques jours de voyage. Trop tard, je sentis cette femme comme dangereuse et malveillante. En effet, elle retira la chatte de la maison pour la soigner – Dieu sait de quoi – chez son frère et à notre retour la reine du rock'n'roll nous fut rendue, morte, sans un mot. Dans l'appartement, une montre suisse et des bijoux avaient disparu, pour apaiser le caractère voleur de la sœur assassine.

Ce crime, je n'en ai jamais parlé dans le kiosque à journaux, Éric et sa femme sont trop sentimentaux. Le petit Silver est comme le dernier-né de ce couple amoureux. Ils ont dû chanter *La Bohème*, celle d'Aznavour, on les imagine bien comme ça, très épris, au bord de la dispute parfois, mais passionnés. Ils habitent du côté de la place Clichy, un de mes quartiers d'enfance, très chargé d'émotion. Comme si les avenues, les boulevards, les ruelles encore pavées qui ont sauvé leur histoire, la nôtre, parvenaient à tisser un réseau de mémoire, une couleur qui leur serait particulière et qui étendrait sa force à tous ceux qui y vivent et les traversent, son ambiance impalpable, celle qui me serrait la gorge autrefois, dès l'automne.

*

Après la guerre, mon père avait mis à profit ses études en aéronautique au service du chemin de fer. Nous déménagions fréquemment, ce que j'appréciais beaucoup. Ayant du mal à m'affirmer à l'école auprès des autres élèves, je me trouvais souvent perdant aux jeux de la récréation ou du sport, dominé par de plus âgés ou téméraires. Changer d'établissement était comme user d'une ardoise magique, d'un coup j'effaçais mes dettes, mes humiliations, le souvenir même que d'autres avaient de moi et je pouvais repartir à blanc sans passé, en inventer un au besoin. En quittant Niort où j'étais né, mon père nous avait emmenés à Paris dans un petit logement de la SNCF suspendu au-dessus des trains du boulevard Lannes.

C'est de là que remontent mes premiers souvenirs, à l'âge d'un an. Je dormais dans la chambre des parents, au fond d'un berceau où j'étais immobilisé par des sangles sous les draps pour m'empêcher d'en sortir en m'agitant, d'être indiscret ou même de tomber en rêvant. J'avais déjà le sommeil agité, il me semble que la phase d'endormissement était souvent peuplée des mêmes images projetées dans le noir sur le mur en face de ce berceau où je ne pouvais me redresser, ficelé tel un forçat devant un film infligé comme une punition, deux silhouettes grossières en bâtons, semblables à des dessins naïfs : un personnage grand et mince et un autre petit et rond qui gesticulaient sur le papier peint. Dans cette vision obscure, les silhouettes étaient curieusement dotées d'un certain « poids ». Plus le grand s'étirait, plus il s'allégeait, plus le rond se tassait, plus il pesait. Tantôt l'inverse. Dans les deux cas, leur image m'angoissait. Un autre souvenir, vrai ou faux, de cette époque mais en plein jour celui-ci, me montre un cercle clair, lumineux, avec un soleil foncé au centre, s'approchant de mon visage sans que j'essaie de lui échapper, ne provoquant aucune terreur, plutôt un immense ravissement, une jouissance flamboyante que ma mère accompagnait d'un gentil bavardage en me donnant le sein. Plus tard, j'ai cru déchiffrer la part de destruction absolue masquée par ce plaisir en voyant, à la fin du film de Lars von Trier *Melancholia*, un astre s'écraser sur la Terre d'où les humains le regardent en effroi.

D'autres menus épisodes sont liés à cette adresse du boulevard Lannes, une chaussure que j'avais lancée par la fenêtre sur les voies ferrées en bas, une dispute avec ma mère à qui j'avais dit un « gros mot », refusant de lui demander pardon, mais ils relèvent d'une mémoire plus tardive, quand j'eus cinq ans. Si je mentionne ces fragments qui subsistent d'un puzzle bien plus vaste, dispersé vers l'infini, c'est parce que je ne les ai jamais oubliés ni remis en question. Leur souvenir n'a pas varié en moi ni perdu de son intensité. Il m'est arrivé à l'âge adulte de revoir brièvement au plafond noir les deux silhouettes légères ou pesantes qui me captivaient dans mon berceau, intactes. Je me garderai de les interpréter trop naïvement par une psychanalyse pour les nuls qui ne délivrerait d'aucun mystère. Autant croire aux objets violents non identifiés. C'est leur insistance muette qui demeure la plus dure énigme au long d'une vie.

Je ferme un instant les yeux à la terrasse du Gymnase, comme pour y voir plus clair. Le vacarme des conversations m'enveloppe d'une douleur confuse, un ciment de rires et de confidences chuchotées à voix forte tandis que la vaisselle grasse se fracasse sans pitié dans les bassins d'acier. Je suis chaque jour de chaque année un peu plus sourd, mais dans l'obscurité j'entends mieux. Et c'est bien pire. Ce qui se reconstruit des phrases disloquées de mes voisins est une torture de sornettes ponctuées de pic sonores, à l'unisson, quand ils lèvent leurs verres en même temps, pour une seconde muette. Je sais ce que c'est, j'ai bu.

Quand les heures de l'après-midi disperseront les convives, le calme reprendra le dessus, avec les ronflements de caoutchouc des longues berlines vers le Lion de Belfort, les portes d'Orléans et d'Italie, les pétarades des motos s'étoufferont à l'approche du Montparnasse. Mes contemporains sont partis travailler, il ne reste plus qu'Édouard pour discuter avec Daniel et Olivier, et cela fait dix ans que je ne bois plus du tout. Dix ou vingt, j'ai des soucis avec le temps, même en prenant des notes. Je les égare, qu'est-ce que j'en ai fait, il aurait fallu commencer plus tôt, c'est clair. Les premiers jours où j'ai commencé d'écrire chaque soir un résumé de mes faits et gestes de la journée, je me suis révélé maladroit dans le choix de mes abréviations. Je notais les personnes avec qui j'avais parlé, les lettres reçues ou envoyées. Les rencontres, en indiquant le nom et le lieu. Idem pour les déjeuners et dîners. Si j'avais eu des relations charnelles, chez moi ou ailleurs, je l'indiquais d'une lettre grecque (en général *phi*), un code pudique au cas où ces pages seraient lues par une personne indiscrète (et trop bornée pour interpréter cette lettre transparente comme elle devait l'être) sans ajouter de détails concernant la pratique dont j'avais été l'initiateur ou le bénéficiaire, sauf si elle avait été inattendue et très réussie, mémorable. Je faisais rarement état de mon humeur, d'un mot, quand elle avait envahi ma journée, dépressive ou magique. Je précisais à quelle heure je rédigeais ces lignes avant de dormir, le plus souvent chez moi, ce qui était de l'encre perdue, il aurait été plus simple de ne mentionner que les fois où je découchais. En revanche, je l'ai constaté en remontant par curiosité des années en arrière, je me contentais de noter le nom des gens que j'avais vus, le prénom des autres, persuadé sur le moment que leur profil me reviendrait aussitôt à l'esprit en effleurant plus tard ces initiales trop banales ou qui n'évoquaient plus rien. J'avais beaucoup fréquenté pendant quelques mois des couples d'amis que j'étais à présent incapable d'identifier, le marqueur quasi indélébile était bien sûr sexuel, je ne risquais pas d'oublier qu'Unetelle m'avait reçu en confession entre ses lèvres dans une église en ruines menaçant de choir dans la Gironde ; ou dans un cinéma de Londres ; et tant d'autres, inoubliables. Mais, faute de ces repères précieux, la mémoire était balayée pour beaucoup, je n'avais même pas les clés pour situer ces personnes sans visage avec qui je n'avais rien vécu de remarquable selon mes critères de l'époque.

III

Un jour – je ne dis pas « un beau jour », comme on le fait trop facilement en France où les jours ne sont pas si beaux, du moins pas tout le temps, à en juger par la réputation de mécontents et d'émeutiers qui nous précède partout, un jour comme ça, que rien ne prédestinait à être autre chose qu'un jour de plus –, je n'écrivis rien dans mon registre du temps qui passe. Pour quelle raison, je l'ignore encore. Un vague souvenir de flemme, aquoibonisme, une sensation modeste qu'il n'y avait rien de bien remarquable à noter, que le plus honnête était de se taire sur un jour creux, autant ne pas encombrer ce journal de trous d'air. Louis XVI n'avait-il pas écrit dans le sien, le 14 juillet 1789, alors qu'on avait pris la Bastille : « Rien » ? Comment ça, Votre Majesté, rien ? Je n'ai pas su, enfant, que le roi avait écrit ce « rien » dans son journal *de chasse* – aujourd'hui je n'ai pas chassé, il pleuvait ou j'étais patraque, peu importe, ou je n'ai rien tué, le gibier faisait grève – et non dans son journal *de vie*, s'il en tenait un – aujourd'hui je n'ai pas vu la Reine, le duc de *** a essayé de me casser les pieds, j'ai trop déjeuné et pendant une petite sieste j'ai fait un rêve incroyable sur l'avenir de la France. Mais ce n'était peut-être pas encore l'usage de consigner les choses intimes, la mode en est venue plus tard avec le romantisme, pour les écrivains. Ce n'était pas une manière dédaigneuse du roi, destinée à Dieu sait qui, pour signifier que le massacre du gouverneur de la Bastille, de ses gardes, l'ouverture des cachots, les débuts de démolition, cet impensable foutoir n'était que rien, une bricole, la mort d'une mouche.

Donc, n'étant pas Louis XVI – qui n'était pas mon roi favori, du reste – ce jour où je ne notai rien, c'est un autre mouvement qui me conduisit à laisser mon cahier dans un tiroir fermé. Et comment le définir, ce non-mouvement ? Rien ne le justifiait ni ne l'excusait. Au contraire, une inquiétude diaphane accompagnait son absence. Rien d'écrit, ce n'était pas forcément la preuve qu'il n'y eût rien à dire. Et quoi donc ? Une pensée, une visite qu'on espérait confier à la seule mémoire sans un mot, de peur d'être trahi, un secret illisible, tant pis pour celui qui l'oublie, on ne perçoit plus de lui que le frisson lointain d'une devinette sans réponse. Il y a des moments blancs dans la vie de chacun, au quotidien, en pleine banalité de l'existence, des passages à vide où la vigilance de l'attention se maintient et s'interroge hors de propos : « Et maintenant, cet instant présent, qu'est-ce que ça dit, et ce vertige qui vient ? » Des pensées qu'un sage bouddhiste devrait laisser s'évaporer dans la transparence d'une méditation. Je ne prétends pas à cette maîtrise, juste à la question, au trouble d'une alerte indéfinie. Comme il est difficile de cerner ce vacillement de la conscience en présence de l'être-là, il nous arrive, à moi et aux autres qui tiennent leur journal sans patience, d'escamoter l'affaire en faisant l'impasse. Le *rien* peut devenir une passion mauvaise. Les dinosaures ont déposé leurs empreintes, il n'y a plus rien à voir et pourtant cela crève les yeux. Le premier soir où j'ai cessé de consigner ma journée passée, j'ai dû obéir à un élan de paresse. Ou céder à une évidence : puisqu'on ne peut tout enregistrer, inutile de remplacer la vie par du papier, autant vivre en oubliant. On n'y gagne pas même l'insouciance. Juste une ou deux minutes à se demander ce qu'on a fait la veille. Les conséquences les plus sournoises viennent assez lentement. Des prénoms ne disent plus rien, des adresses sont perdues. Où vivait-elle, celle-ci, où sont-ils partis, ceux-là, tout ceux que j'aimais tant ?

Je ne sais plus en quel hiver est mort mon ami le plus cher, je l'ai appris en voiture, à la tombée du jour, par le téléphone. Mais quand ? Si je me repasse en mémoire des moments dans la maison d'Effondré, le bruit singulier de chaque poignée de porte, des pas dans le couloir ou l'escalier, je peux les entendre immédiatement et les vivre à nouveau sans effort. Mais cette sonnerie du téléphone, un peu chevrotante dans une poche de mon manteau – un des premiers appareils français qui fonctionnaient à Paris –, j'oublie toujours en quelle année elle m'a frappé rue de Maubeuge. On ne retient pas ce que l'on veut. Il y a des souvenirs médiocres et précis, qui reviennent tout seuls, intempestifs. D'autres, plus rares, qui veulent être revécus avec soin pour ne pas être déformés. Et des gens oubliés, dont on n'a plus de nouvelles, de traces. Eux, nous ont-ils effacés de même ? Une grande partie de ma famille, surtout ceux de ma génération, est morte sans me le dire. On se tait quand on a un cousin qui écrit. Je les comprends.

*

Moi aussi j'ai appris à me taire à temps. À ne pas trop m'avancer sur un terrain qui m'intéresse avant d'y avoir d'abord conduit l'autre, afin de paraître ne suivre que son propos, non le mien. Il ne faut pas laisser voir l'intérêt que l'on porte à quelque sujet qui pourrait sembler étrange sans être sûr qu'il a piqué la curiosité d'autrui avant la nôtre. Lui laisser la charge du bizarre en premier afin de pouvoir s'en étonner ensuite devant celui qui croit savoir. Le monde qui nous entoure et nous impose son mystère est un réservoir infini pour notre imbécillité. Il est assez normal de n'y rien comprendre et de douter de tout. Prenons les fantômes, par exemple, un sujet que tout le monde connaît, les uns pour dire qu'ils n'existent pas, ne sont que des images du folklore trop prises au sérieux, les autres pour y lire des figures d'une hystérie survoltée, qu'ils soient ténébreux comme les ruines d'Écosse ou diaphanes comme ceux de l'ancien Japon. Chez nous, ils sont plutôt rares dans les conversations. On se souvient d'un temps où la République interdisait de parler breton dans les estaminets du Finistère, et quoi de plus breton qu'un fantôme ? Mais parfois, on en parle à voix basse ou d'un ton goguenard comme pour montrer avant tout qu'on n'est pas dupe : je dis « fantôme » c'est une image, une blague, évidemment, n'allez pas imaginer, etc. N'empêche qu'une fois le mot lâché, même désamorcé de toute superstition, on peut continuer de l'employer dans son registre inquiétant sans quitter le ton convenable d'une parole raisonnable et de bon sens. C'est alors que le poison prend son envol. Quand une plaque de marbre, vrai ou faux, fut posée à l'entrée de chez nous, indiquant JEAN-PAUL SARTRE 1905-1980, ÉCRIVAIN, PHILOSOPHE, VÉCUT DANS CET IMMEUBLE DE 1962 À 1978, IL Y ÉCRIVIT « LES MOTS » EN 1963, j'en parlai à Édouard, qui me répondit : « Et vous ne craignez pas qu'à force de rappeler le nom du grand petit homme ça ne finisse par réveiller son fantôme et que celui-ci ne vous rende visite la nuit dans votre sommeil ? Qu'il vous pisse dessus en murmurant le nom de Chateaubriand ? » Ces derniers mots furent presque inaudibles parce qu'un groupe de manifestants vêtus de jaune fit son entrée au Gymnase en réclamant des boissons rouges, je relevai néanmoins l'allusion au maître enchanteur de Combourg. « Mais non, les fantômes ne font pas ça, ils ne lisent pas, n'existent pas, tu sais bien... » Quoique.

Et Édouard continua sans m'écouter d'invoquer bon nombre de défunts du cimetière avec lesquels il lui semblait entretenir une certaine familiarité, une amitié discrète, à force de se promener dans les allées du jardin de pierre, un sandwich à la main, à la pause de midi, ses écouteurs vissés aux oreilles, se délectant du concert de Cologne de Keith Jarrett, les yeux fermés, ou se repassant l'enregistrement d'un vieux cours de Roland Barthes sur le Neutre, au Collège de France, en faisant des moulinets avec les bras, au petit trot. Je l'avais observé dans ces exercices affectueux et cultivés, tandis que je ratissais les mêmes allées, un carnet à la main pour noter soigneusement les noms de quelques-uns (unes) qui m'avaient échappé et l'emplacement de leur repos.

*

J'ai gardé dans l'appartement au quatrième étage, côté ouest, vers le cimetière, une petite pièce en longueur que j'appelle « mon bureau » assez pompeusement. Elle est étroite et cachée par un bout de couloir en coude. On pourrait visiter le reste sans la voir, ne pas se douter de sa présence. Elle serait d'une taille idéale pour former un débarras, une chambre de domestique sourd et muet, si c'était encore la mode. Au début j'ai garni deux murs d'étagères pour y ranger quelques mètres de ma bibliothèque d'autrefois, rescapés de ce naufrage digne du *Titanic* auquel mon départ de Mouchotte a fini par ressembler.

Les livres débordent de chaque planche, s'empilent dans le moindre espace et à quelques exceptions ne sont pas du tout classés, ni par genre, ni par ordre alphabétique. Ils ne sont pas remis au même endroit d'où je les tire parfois, je ne peux mémoriser leur emplacement sur le mur ni leur attribuer un voisinage entre eux qui permettrait de les situer aisément, avant de lever la main. Rien ne facilite mes recherches de tel ou tel volume, ni la couleur d'une jaquette bricolée, ni le format d'une collection, ce qui me fait en retrouver d'autres que j'avais oubliés. Ce n'est pas un calcul ni une philosophie de lecture, plutôt le résultat d'une paresse de ranger qui me terrasse quand j'envisage de m'y soumettre une bonne fois pour toutes. Et le désordre me laisse ignorer ceux que j'ai jetés ou prêtés, ceux que j'ai voulu acheter un jour sans descendre de chez moi, tant de volumes que je crois posséder, en attente de les lire.

Deux tables me servent à écrire, l'une japonaise, l'autre anglaise qu'utilisait mon père dans ses années de retraite, les tiroirs pleins de trombones, de buvards, de cartouches d'encre séchée, de factures de jardinier, d'horaires des marées pour les plages de Charente-Maritime, la région de son enfance, en partie de la mienne, là où ses parents avaient grandi et s'étaient retirés, où nous avions passé, mes cousins, mes sœurs et moi, les meilleurs de nos étés. Autant dire que mon père s'était peu servi de ce bureau anglais sinon pour quelques lettres de son écriture claire et disciplinée. Mais la présence de ce meuble était indispensable pour sa dignité, un rappel de ses longues études, de son pouvoir. Et moi je n'aurais pu me défaire de ce bureau malgré ma défiance amicale des Anglais, toute charentaise, je n'ai jamais retiré des tiroirs les factures ni les horaires des marées, même ici, boulevard Raspail, où nous sommes assez loin de la plage, et j'ai aligné d'autres lettres moins sérieuses que celles de mon père, en dessinant des caractères parfois échevelés, comme le mien, pour des histoires qui ne voulaient obéir à personne.

Il y aurait peut-être encore la place pour un lit d'un dormeur, en partie sous les tables, mais je résiste à la tentation de ce monde excessivement confiné dont je risquerais de ne pas ressortir. À l'ouest, une fenêtre voilée donne sur les cours voisines et les arbres du cimetière. C'est là d'où j'écris. La simple idée d'avoir ici un bureau étriqué, bien à moi, presque à la mesure de mon corps emmailloté dans des papiers anciens, des bandelettes décolorées, des agendas déchiquetés, comme un pharaon graphomane dès l'enfance, tout un trésor de mémoire intraduisible, doré au souvenir et à l'oubli, attendant son Champollion, suffit parfois à me convaincre qu'il y a là une histoire codée, l'histoire vraie de ma vie, qui me sera un jour rendue, comme si l'on pouvait restituer la viande soufflée aux défunts.

Une voix minuscule traverse le tintamarre du Gymnase, la terrasse surpeuplée où l'on n'entend rien. Avec tact, Édouard colle une main en cornet à mon oreille et répète une phrase, des mots confus entre lesquels s'insinue la voix minuscule. C'est celle de mon nouveau petit chat qui dort à la maison et me contredit (« Bien sûr que si, on peut remplumer les fantômes »). Il soupire par-dessus le cornet d'Édouard, perce le coton épais du brouhaha. Ou du tohu-bohu. Pourquoi tant de H ?

IV

Nous n'avons jamais réussi à prononcer convenablement le nom du chat qui me parle ainsi en secret. La personne qui l'avait eu en premier, une éleveuse de chats amie de Ludovic à Giverny, n'avait eu que le temps de le déclarer, lui et son frère, avant de s'en séparer pour une raison que j'ignore, très tôt. Elle devait être armoricaine car elle avait expliqué à Joaquina au téléphone qu'il était inscrit à l'état civil des chats sous le nom de Pebaw, peu répandu de nos jours, un nom ou prénom de roi celte que seuls les érudits de la tradition galloise connaissaient et qui était échu à une obscure majesté du sixième siècle sur ces terres sauvages. « Un roi d'Erging, le père d'Efrddyl, vous voyez ? » Par courtoisie Joaquina avait répondu : « Ah… Celui-là, mais bien sûr », sans demander comment s'articulait ce « Pebaw ». Un site Internet, *L'Arbre celtique*, nous confirma l'authenticité historique de ce prénom et donna un exemple sonore de sa prononciation, si bref qu'il nous fut impossible à bien imiter. Notre Pebaw ne devait pas avoir eu le temps de s'y faire non plus, trop jeune, et restait indifférent à toutes nos tentatives pour trouver la bonne manière de rendre vie à son royal parrain. Les noms celtes et gallois, de famille ou de toponymie, ont une orthographe redoutable qui ne laisse nullement deviner quelle pourrait en être la juste élocution, on le sait. Plutôt que de m'arracher le gosier et de postillonner en vain, je choisis de l'appeler Gigolo parce qu'il faisait les yeux doux à Joaquina et que celle-ci lui répondait par un « piou-piou » qu'il acceptait volontiers, ou même un petit « piou ». Le prénom du farouche ancêtre ne resterait qu'à l'écrit.

Il était très jeune, trois mois à peine, quand la dame celte nous le vendit. Pebaw avait une allure singulière déjà qui me séduisit aussitôt. Il était mince et longiligne plus que ses semblables au même âge, donnant l'impression qu'il s'était introduit dans un serpent, faisant presque des boucles avec son corps souple à l'extrême, se tortillant au sol lors de ses premières manœuvres de séduction, comme s'il disposait de naissance d'une dizaine de centimètres en surcroît dans sa colonne vertébrale, privilège réservé jusque-là à l'Odalisque d'Ingres. Sa fourrure grise était plus brillante et douce que celle d'aucun russe que j'aie connu. Il aimait se rouler en tonneau sur le côté brusquement, pour attirer notre attention, et nous regarder fixement en levant d'un coup le menton : « Et alors, qu'est-ce que t'en dis, toi ? », pour lancer la conversation. Ce n'est qu'un peu plus tard qu'il se mit à parler. Ou moi à l'entendre.

Je ne suis pas sûr qu'il s'adresse à tout le monde. Joaquina ne fait jamais allusion à son bavardage, mais je pense qu'elle communique avec lui par le regard. Pebaw ne la lâche pas d'une semelle, la suit ou la précède partout, dort avec elle sur son lit, roulé en couronne entre ses jambes. Ils restent ensemble de longs moments les yeux dans les yeux, absorbés dans un courant électrique d'adoration réciproque auquel je n'ai jamais droit. Ce chat amoureux que la dame celte a quand même fait châtrer avant de nous le céder est le meilleur amant de ma femme, à cette heure. Je suis donc parti à la conquête de son affection avec un sérieux handicap : genre masculin, grosse voix, incapacité à jouer avec un bout de ficelle plus de deux minutes. C'est ce qui l'a conduit à me parler avec un art de la confidence chuchotée supérieur à celui de tous les appareils portables. On dirait qu'il accepte peu à peu mon affection intempestive, tout en la jugeant, disons, équivoque.

Quand nous nous croisons dans l'appartement, Pebaw et moi, il ne dit mot. Je lui fais toujours un compliment, même en pleine nuit, à voix basse, je le flatte – qu'il est beau, quel chat subtil, miraculeux félin – et il ondule un peu. Quand il vient dans mon dos, je ne l'ai encore ni vu ni entendu, il passe près d'une de mes jambes et la caresse en la frôlant avec sa queue – attention, je suis là – mais reste muet. Il se place devant sa gamelle en regardant ailleurs pour chasser une mouche, noble tâche, ne mendie rien. Jusqu'à ce que je lui serve une portion de pâtée de thon à la papaye, qu'il consent à manger, à condition que je reste immobile près de lui. Après quoi, il se juche sur une étagère devant la fenêtre à l'ouest, tourne la tête vers moi, cligne lentement de ses paupières de velours – merci, ça va, c'était bon – mais rien de plus. Moi je gâtifie pour deux, et je n'ai pas honte : la grâce absolue de mon bleu russe est l'un des piliers les plus sûrs de mon équilibre dans cette vie.

Dans l'autre, la vie invisible, Pebaw a bien senti qu'il fallait me rassurer de plus près. Je reste un humain fragile et instable. Je suis déjà tombé lourdement, une fois dans la rue, sur le Raspail, ce qui m'a valu de découvrir que mon cœur n'était pas qu'une pompe à sanglots sur des airs de Johnny, et ensuite dans ma chambre où j'ai manqué m'ouvrir le crâne et renversé des larmes de sang qui n'ont pas fini de pâlir avec le soleil. Pebaw a deviné que c'était là des moments où il devait intervenir et m'épauler par des paroles secourables. Il est possible qu'il ait tout compris avant même de mettre une patte chez nous, qu'il ait commencé tout petit à m'adresser les leçons de sagesse de sa voix minuscule et décidé de poursuivre son enseignement aussi longtemps que je serais dur de la feuille. Une profession d'avenir.

Mon ami Gigolo, camouflé et endormi sur un coussin ou dans un tiroir qu'il sait entrouvrir sous mon lit, est impossible à deviner quand il s'exprime vers moi. Pas un frémissement d'oreille, aucun tremblement de moustache, les yeux clos, rien ne bouge, comme avec les bons ventriloques de cirque qui s'adressent à la poupée qu'ils manipulent sans montrer plus d'émotion qu'un bloc de marbre et la regardent étonnés gesticuler assez fort pour retenir l'attention. Je me soupçonne d'être cette poupée ridicule par moments et je veille à ne pas trahir notre jeu de communication. Pour être sincère, si un tel sentiment peut encore intéresser qui que ce soit dans notre époque de pantins survoltés, je me demande néanmoins si je n'en rajoute pas un peu beaucoup, comme disaient les enfants, en prêtant autant de pouvoirs à un chat qui se nourrit de poisson en boîte et ne se drogue pas, que je sache, et n'est pas venu chez nous en tombant d'un dessin animé américain. Après tout, Pebaw n'est peut-être qu'un chat, cinglé, acrobatique et beau, certes, mais sans rien de magique comme j'en entretiens l'illusion. La vérité est sans doute entre les deux, il n'y a pas à trancher, j'ai toujours été convaincu de son caractère double et contradictoire. Pebaw, mon chat gigolo, est à la fois un être surnaturel non répertorié qui me renseigne sur une partie inaccessible du monde, par des moyens que lui seul sait mettre en œuvre, et un bleu russe pur jus, fantasque et casanier qui me fait tourner en bourrique sans le vouloir, parce que c'est ce qu'au fond j'attends de lui.

*

Néanmoins, je dois faire attention avec la plupart des gens un peu moins perturbés que moi en apparence, qui risqueraient de prendre d'une mauvaise oreille mes propos sur le langage des chats. Je n'y vois que du bon sens, mais cela me vaudrait aussi bien un jour d'être bâillonné, ficelé sur un brancard, collé dans une de ces camionnettes blanches décorées d'un H bleu majuscule filant à toute allure vers l'hôpital Sainte-Anne, assez proche d'ici. Il en circule beaucoup, sirènes hurlantes, pour conduire les pompiers, les CRS, les détenus soupçonnés d'actes terroristes que l'on ramène en prison à la fin d'une journée épuisante au tribunal. Le quartier est résidentiel, certes, mais sans ignorer le merveilleux brutal et quotidien. Parler ainsi des chats pourrait se terminer par un séjour derrière les hauts murs, voire un traitement médical – qui sait ce que nous mijote la mairie ? Et ceux qui m'écoutent, même sans opiner, sont un peu complices. Pourtant, je sais d'une manière si forte et certaine ce que j'avance à propos de Pebaw et de quelques autres, que je me laisse aller à des allusions de temps en temps, pas très catholiques.

On peut toujours interpréter cela comme un jeu d'enfant, un moyen naïf de mémoriser certaines opérations mentales et verbales comme des qualités animales, une manière d'enchanter le monde et de le rendre plus accessible aux esprits crédules. La plupart des religions anciennes ont procédé de cette manière en attribuant à certaines bêtes des dons particuliers, des registres de puissance divine dont la réunion pouvait donner une maîtrise de l'existence à l'espèce humaine, maudite et bornée. C'est une façon que j'utilise quand on m'accuse de croire stupidement que mon chat me parle – il m'est arrivé de m'en vanter après avoir bu. Mais je mens, je n'en pense pas un traître mot, je chéris le Vosne-Romanée et les chats, à défaut de croire en Sainte-Anne.

Je devrais ajouter au crédit de ces derniers une autre qualité qui rejoint ce que j'ai signalé des fantômes, à savoir leur présence de plus en plus exagérée, pour ne pas dire excessivement familière, avec le débordement d'images du monde moderne. La société des hommes ressemble à un dessin animé ridicule et cancéreux et délivre par écrans des flots d'illustrations élastiques. Joaquina et moi, avec les divers chats que nous avons su aimer, nous avons eu l'occasion d'observer un trait constant de leur comportement. Les chats voient les fantômes. Ils n'en ont pas peur. Ils savent où ils sont, ce qu'ils font, s'ils dorment derrière la télévision ou regardent par la fenêtre. Simplement, ils veillent à ne pas les heurter dans leur course, ils évitent de les renverser en faisant un crochet de côté comme au ski. Question de politesse ? De réalités incompatibles ? Ils les voient notamment grâce à leur légère couleur diaphane (m'a expliqué Pebaw) que nous, grands singes, ne distinguons pas, et qu'ils perçoivent avec certitude : les fantômes sont de couleur verte.

Sur le moment, j'ai cru que mon gigolo me faisait une blague en jouant sur le vert, que je vois un peu partout sur cette partie élevée du boulevard entre le Dôme et le Lion de Belfort, soutenu par la chevelure verte du cimetière, qui s'épanouit à l'entrée du boulevard

Edgar-Quinet. Mais il était bien jeune pour plaisanter de la sorte, me semblait-il, comme si cela dépendait de l'âge chez les chats. Je n'étais pas surpris pourtant de l'entendre me parler si clairement, il eut la bonté de ne pas en faire la remarque. Au plus, j'admis avoir un doute : il m'arrivait de voir dans la lumière un peu plus de vert qu'auparavant, comme une vapeur, un nuage vite enfui se posant sur les rayons du soleil quand ils viennent plonger, avec un remous des branches, des feuilles, des rideaux dans un creux d'ombre, sur le trottoir ou dans le salon. Alors, en effet, il est possible de distinguer en un éclair un petit personnage d'allure humaine, assez réduit, comme un enfant nain, un ours, un menu soldat, brillant faiblement d'une lueur d'hologramme aussitôt disparue. Verte, la lueur. Mais très brève. « Depuis quand ? » avait murmuré Pebaw. Là, je savais : depuis l'opération du cœur, le réveil en salle de réanimation, dans la pénombre peuplée de loupiotes clignotantes. Cela m'avait intrigué au début, je l'avais mis sur le compte des médicaments, de l'anesthésie, mais dans l'ambiance moqueuse, un peu paranoïaque, de ce souterrain, j'avais préféré garder le silence avec les infirmières. Ensuite, après la clinique, la couleur verte avait continué de m'apparaître, et je m'y étais habitué sans en parler à quiconque. Pour Pebaw, cela ne faisait pas un pli, ces personnages verts étaient des fantômes, chacun les siens, et ils étaient liés à ce que j'avais traversé récemment à cœur ouvert. Très probablement, j'allais les voir de plus en plus souvent et beaucoup mieux. « Mais pourquoi ? » avais-je pensé. Pebaw s'était endormi sur le divan. Je n'avais entendu qu'un bout de phrase : « Sûrement pour apprivoiser la mort, voyons… » Avec le souvenir encore tout frais de mon réveil dans l'espace glacé de la réanimation, j'avais trouvé l'idée plutôt révoltante. On peut s'endurcir à la douleur, paraît-il, se tuer d'un tour de volonté, comme les moines du Tibet pour échapper à la soldatesque chinoise, mais apprivoiser le néant, j'en doutais. Il valait mieux se faire une philosophie, classique depuis les Romains, sur le bon usage des maladies et considérer que la perception des fantômes était une étape précieuse dans l'affinement de l'intelligence que nous pouvons avoir de la mort. Ce ne serait plus la fin brutale de tout, pas toujours, mais l'accès à un état plus transitoire et mêlé, comme si on baissait le volume du son de la vie, nous livrant accès à d'autres façons d'être (ou ne pas être). Ensuite, bien plus tard, la mort viendrait, quand nous aurions fini notre séjour impalpable et vert. Il serait bien temps alors de trouver un nom pour désigner ce nouvel état. En fait, je ne suis pas bien armé pour traiter de ces choses qui sentent la fumisterie, et je m'en moque. Notre connaissance du monde sublime est définitivement limitée et nos efforts pour en tirer une leçon ne mènent pas loin. Je n'ai plus posé de question à mon très jeune Pebaw, lui laissant l'initiative des révélations.

*

Mais tous les chats ont-ils ce pouvoir ou seulement quelques-uns, les bleus russes, les miens ? Toute leur vie ? Que voient-ils d'autre ? L'envers du décor ? Ont-ils conscience de leurs capacités multiples, se rendent-ils compte de nos limites quand eux les dépassent sans effort ? En fréquentant Pebaw et sa sœur aînée, Verushka, qui était déjà chez nous quand nous avons accueilli mon prodigieux gigolo, je serais tenté de répondre oui, ils en sont conscients mais n'y accordent pas trop d'importance : un peu comme nous trouvons normal d'être plus en forme certains jours que d'autres, c'est comme ça, c'est tout. Et peut-être se disent-ils que ce n'est rien d'extraordinaire, nous les humains nous finirons par récupérer des facultés qui somnolent en nous, en fréquentant nos chats. Il faut s'exercer, s'entraîner, comme pour la brasse papillon ou la flûte traversière, et nous serons comme eux. Sur ce point, j'ai l'impression que les chats non seulement jouent de la flûte, d'ailleurs très doucement, mais qu'ils ont des liens silencieux (un comble !) avec la musique. Ils l'apprécient, elle les apaise. Ils la recherchent et parfois l'habitent, lui prêtent certains échos de leur vie ouatée. Eux qui ne chantent pas, font juste un bruit de vieille porte ou de petit moteur, à leur manière ils l'accompagnent avec un plaisir évident. J'étais jeune quand mon père a rapporté à la maison le disque du *Concerto n° 3 pour piano et orchestre* de Béla Bartók, interprété par Géza Anda, et j'y ai reconnu dès l'*allegretto* initial la présence nébuleuse des chats glissée entre les notes.

Mon ami Eugène, professeur de cinéma, poursuit une interminable étude sur le rôle des fantômes à l'écran. Non pas quand ils sont des personnages de l'histoire, des silhouettes furtives sous un drap se faufilant dans les couloirs d'un château écossais, mais lorsqu'ils participent au récit, visibles ou non, par leur dimension fantomatique, leur capacité à nous faire agir à notre insu. Si je me souviens bien de nos dernières conversations en déjeunant au Gymnase, il serait en train d'achever une compilation de tous les instants qu'il a relevés dans l'œuvre d'Alfred Hitchcock – notamment dans *Rebecca*, *Vertigo*, *Psychose*, entre autres – où il lui semble indiscutable que le trouble ressenti par le spectateur ne peut s'expliquer que par une intervention d'un ou plusieurs fantômes. Eugène penche pour l'hypothèse, non encore démontrée, selon laquelle le terrible Alfred aurait tourné parfois des séquences avec des fantômes truqués, qu'il aurait fait disparaître ensuite au montage, créant ainsi une sorte de vide qui serait à l'origine de la sensation de malaise indéfinissable que chacun a pu ressentir en découvrant certains de ses chefs-d'œuvre. Je ne sais s'il pourra achever son enquête. Elle ressemble trop aux chimères que l'on nourrit au début d'une psychanalyse, mais je ne peux pas le lui dire, à Eugène. On ne prend pas les fantômes au sérieux, en France, patrie de la raison, alors qu'on les tolère chez nos voisins du Royaume-Uni, et en Bretagne. Dans l'Hexagone, le concept de fantôme est si fluide et évasif qu'il est vain d'essayer de construire quoi que ce soit à partir de lui. Pour ma part, je n'en fais jamais état, n'écris rien sur le sujet, rien qui puisse être publié, pour l'instant. C'est un domaine où je me sens trop vulnérable. Et pour cause, les seuls fantômes auxquels je crois sont ceux de mes amis morts.

V

Mémoires dans la nuit

Ceux-là nous manquent durement à mesure que nous les avons aimés, trahis, aimés davantage encore en les perdant enfin. J'ai beau chercher par ces mémoires dans la nuit à ramener des visages effacés, inconnus, je n'en connais pas de tout à fait disparus. Même de très anciens, qui remontent à un âge où l'on n'est pas sûr de graver un dessin, des mots, dans le marbre mou du souvenir d'enfance, il en reste au moins quelques traits, un nom déformé, écrit de travers, si l'on n'a jamais écrit avant d'apprendre. Des noms d'autrefois qu'on n'a jamais lus, qui restent par leur sonorité, sans orthographe, sans prénom. Des noms d'élèves à leur pupitre. Ou sont inscrits en nous par un éclat du visage, un œil rieur dans le défi, une mèche de cheveux qui se rebiffe sur le front, comme celle du petit d'Hertoge, à l'école de garçons du boulevard de Saint-Ouen, près de La Fourche.

Je n'avais pas dix ans et nous habitions un gros immeuble blanc dans la rue Jacquemont à Paris. Le jeune d'Hertoge avait d'autres amis que moi, notamment le fils d'un garagiste, Bargis, qui lui était dévoué comme quelques autres, mais c'est avec moi que d'Hertoge avait les conversations les plus longues en sortant de l'école. Je ne sais ce qui me valait cette distinction de sa part, sinon mes talents de bavard. Ou le fait que nous étions, ma famille et moi, du côté bourgeois de l'avenue de Clichy. Je ne devinais pas comment cela s'évaluait, à l'époque ni à mon âge, mais je sentais déjà qu'il y avait presque partout dans la ville des limites secrètes à partir desquelles on quittait le « bon » côté d'un quartier pour sombrer dans un moins bon, pire, un mauvais. Une adresse dans une rue longue, rue de Vaugirard, par exemple, ne vaut que par le numéro où on loge, je l'ai souvent vérifié plus tard, mais alors d'Hertoge et moi ne le sentions qu'assez confusément, par des remarques d'adultes mieux informés. Il aurait pu aussi bien voir là un motif pour se moquer de moi, mais non, il me montrait de la sympathie, de toute façon il était connu pour se moquer d'à peu près tout le monde, avec sa mèche en arrière, relevée comme une étoile et son étincelle dans les yeux.

Nous quittions le boulevard de Saint-Ouen par la droite en prenant l'étroit passage qui menait à l'église Saint-Michel-des-Batignolles. Au pied de l'église, de son haut clocher de briques, trop grand, comme tout le bâtiment, démesuré pour l'espace restreint où il trônait, couronné d'un archange doré, se tenait une autre statue du même archange, chef de la milice céleste, terrassant le dragon et l'expédiant en enfer, les deux personnages verdâtres et moins dorés. Le Satan était affreux et grimaçant, n'encourageait pas à faire le mal. C'est près de lui que nous discutions assez longtemps, chaque jour, d'Hertoge et moi, pour aborder les sujets brûlants qui nous intéresseraient bientôt davantage. Les filles, entre autres. Il avait peut-être un ou deux ans de plus que moi, et un cousin qui pratiquait la photo d'art, deux sujets qui lui donnaient un peu d'autorité. Ce cousin devait avoir dans les vingt ans ou plus, autant dire un homme fait à nos yeux, et posséder un solide bagout pour s'imposer aux filles qui avaient des ambitions dans le monde du spectacle. On accédait le plus souvent à celui-ci au moyen de photos soignées où l'art se déployait autant que les menus vêtements s'envolaient et avec eux les doutes, les ombres. Les journaux à scandale, que nous ne lisions pas, avertissaient régulièrement leurs lectrices des pièges tendus par des photographes séduisants se prétendant en bonnes relations avec des metteurs en scène connus qui leur faisaient confiance pour certains gibiers. Il y avait toujours des procès en cours et des chagrins. Il fallait des relations, de la prudence au départ. Laisser venir de préférence, et faire croire à des sentiments personnels avant de proposer une aide bien avisée, ne serait-ce que pour en jouir le premier. Le cousin y tenait beaucoup, c'était la raison de sa vocation. Pourquoi pas de la nôtre un jour, murmurait d'Hertoge, encore en culottes courtes, comme moi, en pointant discrètement la statue de Satan tordu par un rictus sous la lance de Saint-Michel. Il était beau ce dernier, au demeurant, un blond ensoleillé, qu'allait-il faire de sa victoire ? Tout cela me semblait confus. Les journaux ne montraient pas en entier les photos, elles étaient censurées de rectangles noirs judicieusement tombés du ciel pour autoriser la vente des maudits papiers. À nous d'imaginer. D'après le cousin, disait mon ami, qui peut-être avait vu quelques tirages confidentiels sans l'avouer, ce n'était pas très compliqué. Les candidates étaient nombreuses, pas toujours les plus jolies, mais bon, il fallait bien leur raconter l'histoire, rester patient, être ému. « Et puis elles ne sont pas si bêtes », aimait-il conclure.

Je crois que son expertise s'arrêtait là. Son photographe ne prenait pas le risque de trop en dire à un fanfaron qui, en dépit de son air rusé et de ses sous-entendus, n'en savait probablement pas beaucoup plus que moi. Peu de choses encore : entre la rue Jacquemont et le passage Saint-Michel, pour aller à l'école et en revenir, j'empruntais une portion de l'avenue de Clichy où un cinéma proposait des films d'aventures. Les photos sur les murs de l'entrée étaient petites, en noir et blanc, mais les peintures à l'extérieur couvraient un étage en hauteur et attiraient les regards par la vivacité des couleurs, le style énergique des coups de pinceau et la constance des sujets traités. Ce n'était que des corsaires basanés aux sabres sanglants se jetant sur des femmes blanches plantureuses courant vers la plage, des femmes de colons surprises dans leur promenade, le corsage lacéré laissant voir des tétons au bord de l'explosion, ou des femmes indigènes de couleur (mais tout dans ce monde était en couleurs violentes et appétissantes) se défendant avec des machettes, quelques-unes succombant tout de même à l'arrière sous des arbres qui masquaient le pire. Ou des châtelaines d'Europe, qui sans nul doute avaient fauté avec un chevalier de passage, vêtues de leurs plus beaux atours, les épaules nues et le haut des seins congestionné, le regard fier, la coiffure impeccablement relevée par un bijou couleur de sang, comme serait bientôt leur nuque d'ivoire entamée par l'énorme épée que levait un bourreau nain. En alternance avec des péplums torrides où l'on dévorait des chrétiens sous l'œil las d'un empereur saturé, ravagé par la débauche. Je n'étais pas censé m'attarder dans la contemplation de ces anatomies, mais je pouvais discrètement en capter l'essentiel, m'en représenter l'usage. Au cas où. Un univers de sensualité qui était bien trop intense pour moi et trop haut, les toiles du cinéma à six mètres au-dessus des passants, l'archange d'or au sommet du clocher, inaccessible, déjà fondu dans la matière du soleil, le Diable vautré dans une grimace sous des fientes d'oiseaux, ces chairs épanouies, surnaturelles, luisantes sous la pluie de l'avenue, hors de portée dans la lumière d'un paradis caraïbe, tout cela me faisait lever la tête en vain, il n'y avait pas de réponse. À quoi cela pouvait-il ressembler vraiment, ce monde derrière le grand rideau noir ? J'étais sûr que mon compagnon, malgré ses quelques mois d'avance, son cousin dégourdi, son étoile au front, pataugeait comme moi dans le brouillard, même s'il avait peut-être profité de ses amitiés pour entrevoir quelques images révélatrices. Il n'y avait rien que l'expérience directe qui comptât. Laquelle était, quant à moi, aussi loin perchée que les sirènes de Peter Pan et les marquises époumonées au-dessus des trottoirs.

*

Dans le fatal passage Saint-Michel qui conduisait aller-retour des féeries pécheresses et religieuses à l'enseignement laïc et républicain, il y avait quelques boutiques, des artisans et des logements modestes. Le plus souvent, je marchais le matin en fixant des yeux mes chaussures sur les pavés, sans voir quiconque. L'assurance venant ou le beau temps, je remarquai à la porte d'un immeuble de deux étages une fille de mon âge, adossée au mur gris, qui me regardait. Je baissai les yeux. Une fois, deux fois. Puis je finis par lui rendre son regard, pour ne pas avoir l'air idiot. Avec un sourire à demi. Elle m'en retourna à peine un quart, avec un tout petit hochement de la tête. Aussitôt je me sentis bouillir : il m'arrivait quelque chose. Le monde avait vacillé sans bruit. Je gagnai l'école de garçons, son enclos bruyant, hostile et rassurant. L'école des filles était séparée de la nôtre par un mur mitoyen à la moitié du bâtiment, les deux inscriptions GARÇONS et FILLES gravées en hautes lettres au-dessus de chaque porte sur la façade du boulevard, comme si un enfant arrivant en retard avait couru le risque de se tromper, d'être distrait. Les deux cours de récréation ne communiquaient pas, en miroir l'une de l'autre. Chez les filles, fusaient des rires, des chansons. Les garçons criaient, rugissaient, ne manquaient pas de se faire entendre d'elles, de s'imposer à travers les feuilles des arbres choisis par la municipalité. Je me retirai sous le préau pour réfléchir à l'émotion qui m'avait saisi. Puis on nous fit entrer en classe.

Ce ne pouvait être que cette fille dans le passage. La première à me regarder dans les yeux sans détour. Elle ne voulait pas tricher. Mais que voulait-elle ? Elle était sûrement déjà un peu plus mûre. Déjà plus avancée dans la vie. Moi, j'avais comme reniflé un petit rire embarrassé de gamin, une niaiserie. J'avais fait la fille. La prochaine fois, si l'occasion se représentait, il faudrait que je la dévisage, que je sache si elle était jolie et n'avait pas peur. Mes camarades garçons, même plus grands et forts, ne m'impressionnaient pas autant. Le lendemain, je me concentrai avant de pénétrer dans le passage et m'avançai en marchant bien au milieu des pavés. À la moitié du chemin, alors qu'il n'y avait personne en vue, une porte s'ouvrit à droite sur une entrée. La fille sortit de la pénombre s'appuya au mur, s'immobilisa. Il me restait trois mètres à faire pour la dépasser. Elle me regardait comme la veille, sans se dissimuler, ce qui faillit me vexer un peu. Mais je constatai qu'elle était plus que jolie, imprévue dans son attitude. C'était quelque chose d'autre, d'assez trouble qui me fit à nouveau trembler, et je ne pus retenir un sourire encore. Trop tôt pour en parler à d'Hertoge, toutefois. Il aurait été capable de tout gâcher. J'y pensai doucement tout le dimanche et le lundi matin j'étais prêt à tenter le banco. Les cheveux plaqués à l'eau sur le front, je pris le passage un peu en avance, d'un pas lent. Sa porte s'ouvrit toute seule quand je m'en approchai. Elle apparut comme un souffle, un sourire de bienvenue aux plis des yeux. Évidemment, elle me guettait, pourquoi le nier ?

« Je m'appelle Michel », c'est tout ce que j'eus le courage de lui dire. Elle ne changea pas d'expression, continua de m'envoûter sans rien répondre. Puis elle sortit d'une poche un petit papier plié qu'elle pinça entre ses lèvres, leva les mains au-dessus de la tête et arracha d'un coup sec un long cheveu noir qu'elle entortilla dans le papier, me tendit le tout, se retira dans l'ombre. L'heure sonna au clocher, j'allais être en retard. Ces événements, presque impalpables mais non dénués d'importance, avaient occupé un espace dilaté dans nos vies, je ne l'avais pas mesuré, il fallait courir jusqu'à l'école, le papier fourré dans mon tablier. Je m'assis le dernier à ma place.

D'Hertoge était à une table d'écart sur le côté. Il vit tout de suite que j'étais très ému et se mit à me faire des grimaces et des gestes obscènes. Comme si c'était de mon répertoire, surtout en ce moment. Mais il savait très bien se moquer de moi. Je fronçai les sourcils et fis mine de le chasser de la main comme une mauvaise mouche. En vain. Je pris le papier au cheveu noir dans mon tablier et le dépliai sous mon pupitre. Quelques mots y étaient tracés à l'encre d'une écriture appliquée de fille : « Michel, je sais comment tu t'appelles, cela fait longtemps que je ». Il fallait encore ouvrir un pli. Trop tard, d'Hertoge bondit et me vola le papier.

Je ne pus en lire davantage. Le message circula de main en main dans la classe comme un oiseau, ne revint jamais entre les miennes. Mon bourreau le récupéra au moment de la récréation et continua de le faire voltiger dans la cour, où il avait plus de complices que moi. Certains élèves prenaient le temps d'en lire quelques mots et s'efforçaient de les singer avec des mines pâmées, d'autres couraient à la fin des lignes pour découvrir en riant la signature « Nicole ! » et scandaient à plusieurs en cadence : « C'est-Ni-cole-qui-t'aime ! », d'une voix assez forte pour que les filles, en récréation elles aussi de l'autre côté du mur, puissent l'entendre distinctement. La fille du passage était-elle là en cet instant, en train de jouer à cache-cache avec d'autres, ou transie d'angoisse sous les arbres de la cour ? Nicole allait-elle à l'école, celle-ci justement ?

Le papier fut jeté aux pissotières. Il ne me resta en mémoire que le prénom de celle qui faisait le guet dans le passage, et au fond du cœur la haine de mes camarades plus agiles. Depuis toujours ils étaient mes ennemis, où que j'aille, à Nantes comme à Paris. J'avais trois ans quand mes sœurs furent toutes les deux écolières. Une jalousie mal placée me poussa à demander le même privilège, qui me fut accordé un peu trop facilement. Je sus très vite lire, écrire et compter aussi, et entretins avec les autres élèves de mes classes une marge d'avance dont nul ne voyait le mérite ni les inconvénients psychologiques. Être le plus jeune et le plus timide, le moins costaud, le seul naïf, le dernier informé, c'était payer cher un prix de lecture qui ne me servait qu'à rêver. Il m'arriva plusieurs fois par la suite d'avoir des camarades nettement plus âgés qui trouvaient en moi un petit valet qui les amusait et leur prêtait ses devoirs sans marchander. En échange, j'avais leur protection assurée, mais en repensant à ce marché de soutiens et de services, je ne suis pas fier. Du moins, ai-je sauvé ma carcasse à cet âge tendre. Pour atténuer la noirceur de ces années, je dirai quand même qu'elle fut tempérée par beaucoup de naïveté et d'ignorance. Encore maintenant je ne comprends pas comment j'avais pu avoir, au même âge fatal de la lecture, autour de trois ou quatre ans, des jeux sexuels avec une de mes cousines et, vers dix ans, renoncer à une meilleure expérience de ces postures avec elle. Sans doute parce que alors une jeune femme, nous surprenant dans le noir, la nuit de Noël, nous avait conseillé de remettre la chose à plus tard, sans quoi nous en perdrions l'appétit. Nous avions laissé tomber. Les ténèbres revinrent sur le pays. Je perdis l'équilibre avec « Nicole ». Elle dut apprendre par une amie ce qu'il était advenu de son billet. Pas question d'en écrire un autre. Deux jours plus tard je lui montrai son cheveu noir qui était resté dans ma poche. Un reflet sur sa joue parut dans la lumière pauvre du plafonnier. Il me sembla qu'elle pleurait, d'un œil. Enfin une émotion, j'allais peut-être en savoir plus, connaître sa voix. Mais elle se recula dans l'ombre de l'entrée. La porte se ferma.

Je ne la revis qu'une fois, par hasard, au printemps, en me promenant avec ma sœur Françoise dans l'avenue de Clichy. Devant la vitrine d'un grand magasin de vêtements à bon marché, une foule de femmes penchées comme des flamants sur une mare de poissons, piochaient des lingeries, des tricots en solde, les comparaient à leur teint dans des miroirs, en essayaient d'autres. Une seule silhouette n'était pas à la pêche, tournée vers moi, et je savais son prénom. Nicole avait les cheveux courts et cela lui allait très bien. Elle était devenue « moderne » et m'intimida. Moi, je n'avais sans doute pas beaucoup changé, rien de décisif. Dire qu'il y avait peu j'étais plein de courage. « Viens, il n'y a vraiment rien qui vaille le coup. » Ma sœur me tira par la manche et m'emmena. Dans l'appartement de la rue Jacquemont, Françoise avait épinglé audessus de son lit un poster de James Dean ; notre aînée, Catherine, un portrait au crayon de Clark Gable dans *Autant en emporte le vent* ; et moi, personne encore. Un été passa et il fallut quitter Paris, couper les liens avec la vie d'avant, les amis, les silhouettes, la voiture de Jimmy Dean écrabouillée dans le désert.

VI

Il y avait parmi les habitués du Gymnase un joyeux drille, comme on disait un siècle auparavant, la quarantaine assez dégarnie, qui prenait souvent l'apéritif debout au bar, entouré d'amis du quartier. Il parlait beaucoup et surtout il chantait. Son répertoire était ancien, celui des vieilles gloires du music-hall, même s'il lui arrivait de maltraiter de menues chanteuses des années soixante, avec une préférence marquée pour le grand Charles Trenet. Il en appréciait la gaieté trépidante, la mélancolie cachée et les jeux de mots que l'on croyait inspirés du surréalisme. Pour quelques chansons célèbres il avait adopté des versions parodiques qui sonnaient à leur ressemblance. Ainsi «Je t'attendrai à la porte du garage, tu paraîtras dans ta superbe auto, papa...» devenait «Je tâte André à la porte du garage, etc. » Il refusait de me chanter la suite, et de m'en dire d'autres, qui n'étaient pas de lui. Si je le souhaitais, je pouvais venir les entendre un soir par mois dans un café de l'avenue du Maine où il se donnait libre cours. Dans la journée, il était infirmier à domicile et c'est un de mes déboires de santé qui me le fit connaître. J'avais fermé la porte de l'appartement d'un coup, avec maladresse, et coincé un doigt de ma main droite, le majeur. L'ongle avait reçu le plus dur du choc et viré au bleu marine. Philippe, l'infirmier troubadour, me prédit qu'il mettrait au moins six mois avant de choir et me rendit visite pour quelques autres bricoles du même acabit. Pendant les vingt minutes de sa visite, le temps d'une prise de sang, d'un pansement renouvelé ou difficile à placer, il ne cessait de roucouler même pour fixer la date d'un prochain rendez-vous. Ses chansons avaient une vertu anesthésiante certaine et les voisins me firent souvent compliment de sa jolie voix. En été, ma chambre étant située à l'ouest, il ouvrait la fenêtre au soleil et la cour entière en profitait. La scie d'un petit atelier en rez-de-chaussée s'arrêtait. Les corbeaux qui croassaient le matin se taisaient. Philippe montrait d'un geste large les arbres du cimetière et m'annonçait qu'il allait chanter pour les morts.

Je ne sais ce qu'il imaginait ainsi, leur rendre hommage ou leur faire plaisir ? Tantôt l'un, tantôt l'autre. S'il faisait beau, les deux. Un soir en terrasse du Gymnase, il me confia qu'il ne pouvait rester insensible à la personnalité de certains « allongés » du grand reposoir. « Il y en a que je ne peux pas supporter, c'est clair. Tu me diras, ils ne font pas de bruit. Mais comment passer devant Baudelaire et ne pas avoir le cœur serré ? Ce n'est pas rien ce morceau de pierre. Tous les nuages viennent le saluer. Et Tristan Tzara ! Et César Vallejo ! Et ton Sartre avec sa chère Simone ? Ils chantaient aussi, peut-être. N'étaient pas contre, en tout cas. » Il me dit sur un ton de confidence prudente qu'il était persuadé d'en avoir repéré, parmi ces illustres trépassés, qui fredonnaient, même la nuit. « Quand le ciel est très pur, les soirs d'été, qu'il n'y a plus de visiteurs, si on a réussi à rester là sans se faire prendre, on peut reconnaître des airs pas si tristes qui montent du gazon, modulés tout bas par des nez fermés, comme des psaumes ou des tangos. Tu peux le croire, ça ? Alors ton Sartre, je me le figure volontiers en train de réciter : *À la Bastille, on l'aime bien ! Qui ça ? Nini peau d'chien ! Où ça ? A la Basti-iii-eueu !* »

Moi aussi, je me le figurais, le petit Jean-Sol Partre avec Simone, la duchesse de Bovouard, réinventés par Boris Vian dans *L'Écume des jours*, que nous lisions, mes amis et moi, à l'adolescence, juste avant *L'Automne à Pékin*. Jusqu'à

Mai 68 il y eut une certaine gaieté poignante dans l'air de la philosophie, qui l'empêcha de filer trop loin de nos vies quotidiennes. Nous vivions encore dans le même monde, Sartre dînant à La Coupole, le vieux chat dodu du Select sur le zinc près du patron, la musique poussant les murs de la jeunesse de tous côtés, la société se dilatait en manifestations à en perdre le souffle et la raison, et nous espérions qu'elle respirerait bientôt de mieux en mieux, alors que l'air allait lui manquer, comme à nous maintenant. Bien avant de venir habiter le quartier, j'avais ressenti la dimension occulte et nocturne dont les chats étaient les occupants silencieux. C'est d'ailleurs à ce moment, si je ne me trompe, que j'eus la démonstration de ce qu'est vraiment la gloire, quand j'entendis formulée le même soir en deux établissements renommés la terrible nouvelle : « Il paraît que le chat du Select est mort ce matin... » Le décès d'un matou signalé gravement, comme en pleine guerre un renversement d'alliance capital, aucun romancier ou poète de La Rotonde n'aurait eu le culot d'y songer.

*

Pour les besoins de mon livre destiné à ne jamais finir, le premier, il me fallait entraîner mes personnages et lecteurs dans un espace illimité. Par leur situation souterraine, leur étendue infréquentable, les Catacombes étaient toutes désignées, principalement sous la rive gauche. Une fois devenu familier des grands axes de circulation et des principaux repères, je notai une dizaine d'entrées faciles d'accès dans les rues ou les squares, et le plan des galeries noires sous Paris s'imprégna en moi comme un jeu où j'aurais pu me déplacer les yeux fermés. Pendant des centaines d'années on avait prélevé dans le sol de la ville les pierres pour bâtir les immeubles de Paris. On avait entassé les cadavres des Parisiens un peu partout, dans les trous, les caves, à ras bord, jusqu'à saturation absolue de l'espace tombal. Puis décidé de transférer ces millions de squelettes dans le vide des anciennes carrières et d'en faire un musée national, entrée payante, place Denfert-Rochereau. Une artère entière avait reçu un nom latin, rue d'Enfer, pour signifier rue d'En-bas, *inférieure*, avant de prendre le patronyme du docteur Raspail, en 1887. En Occident, l'Enfer est toujours envisagé en bas, sous terre, comme un cachot, il fait peur mais en même temps il séduit. Un passage pavé conserva son ancien nom d'Enfer, entre le boulevard et la rue Campagne-Première. Au carrefour de celle-ci et du boulevard, le peintre Louis Forain occupait une chambre où il hébergea Arthur Rimbaud dans sa jeunesse. Son violent fantôme ne m'avait plus quitté depuis mes quinze ans. Ainsi la peau grise de l'asphalte parisien fut tendue dans mon imagination sur le grand éléphant bombé enfoui sous Montparnasse.

Les vivants rejoignaient vite les morts dans ce quartier bienveillant à toutes sortes de gens excessifs. À l'époque pas si lointaine des buveurs de fond, des poètes en détresse, des artistes en révolte et des touristes spirituels, on avait toujours une occasion facilement offerte de passer du côté sombre de la bohème. On trouvait un peu partout des lieux consacrés par des peintres, des vestiges d'hôtels. Des ateliers arrêtés dans la poussière, des séries de plaques murales pour rappeler aux passants qu'ici tel génie du pinceau avait révolutionné l'art du portrait, que tel autre avait brillamment illustré le courage de ne rien faire, que tel amateur fortuné avait eu le flair d'envoyer quelques beaux talents outre-Atlantique où après la guerre tout recommencerait, en plus fort, plus riche, moins français. Les cafés si fameux qui avaient abrité tant de nuits blanches et de gueules de bois intelligentes s'étaient muséifiés, calmés. On n'avait plus que des souvenirs à vendre.

Édouard et Olivier s'approchèrent, compatissants. L'un me tendit un verre de limonade, l'autre une glace au chocolat.

« Allons, dit Olivier, vous dites ça parce que vous avez des doutes sur l'avenir du roman postautobiographique à Paris, c'est juste du blouze. Buvez-nous ça, elle vient du frigo.

– Il a raison, dit Édouard, on n'en a rien à battre. Voilà de la glace, c'est plus sérieux. Pensez plutôt à la fille du passage Saint-Michel, ça vous remontera. »

La petite brune du passage Saint-Michel n'est jamais reparue dans le quartier de la Fourche – était-ce la bifurcation des avenues près de mon école ou la lance de l'archange terrassant Lucifer ? – à ma connaissance, du moins. Mon ami d'Hertoge m'avait privé du message et du cheveu qu'elle m'avait donnés, et cependant elle ne m'avait pas quitté, au-delà de l'enfance même. Le cheveu a volé dans le ciel, s'est posé sur ma tête, planté comme un bégaiement parmi les boucles du désir et j'ai lu par intuition les mots de son billet, qui ne disaient qu'une chose à celui qu'elle voyait chaque matin devant sa porte : je t'attends, je t'aime et t'aimerai, j'en suis sûre. Plus le temps passait, mieux je lisais son message de feu. Elle me paraissait légèrement mon aînée, d'à peine un an, mais c'était déjà un écart impressionnant, dû à la précocité connue des filles à ce moment de la vie, ou à la lenteur des garçons qui paressent avant de prendre leur élan, peu importe ; je ne lui disputais pas cette autorité naturelle quand elle me toisait depuis la première marche de son palier, le regard qu'elle m'accordait n'en avait que plus de prix. Être distingué par le regard d'une inconnue me faisait entrer dans la société des écoliers, sans un mot, sans délai. Les cris des autres enfants le proclamèrent aussitôt dans la cour tandis que le message m'échappait. J'ignorais pourquoi une jolie brune m'avait élu entre tous les écoliers, mais je devais mériter cette faveur puisque je ne l'ai pas oubliée, une vie après.

VII

Mes parents quittèrent Paris et je dus entrer dans un internat à Évreux, j'en dirai peu de choses pour cette fois. J'y connus deux élèves un peu plus âgés qui me marquèrent à vie, pour le meilleur je pense aujourd'hui, mais c'est une autre histoire. Le passage de l'enfance à l'adolescence fut assez violent et j'eus l'impression forte et bizarre de ne plus être le même, deux ans après, en quittant mon pensionnat normand pour revenir brusquement à Paris et débarquer au deuxième trimestre, au lycée Carnot. Cet établissement bien noté et dédié à la mémoire de plusieurs membres de la famille Carnot, abritant un vaste hall dessiné par Gustave Eiffel, n'était pas luxueux mais les professeurs étaient réputés et les élèves passaient pour avoir de l'avenir. Dès la rentrée de janvier 1960 – décennie prodigieuse – je nouai de longues amitiés avec mes voisins de pupitre. Nous étions rangés par ordre alphabétique et nous déplacions ainsi, quelle que fût la salle de classe et la matière enseignée, comme une légion romaine, avec les mêmes condisciples. À ma droite, Gilles, à ma gauche, Roland. J'ai aimé toute la famille du premier jusqu'à sa quasi-extinction. C'est avec Manon, la sœur aînée du second, que j'allais découvrir l'opéra, la musique classique et d'autres partitions qui le furent moins.

Si l'architecture du lycée était d'une relative laideur, d'un style sinistre, proche des bâtiments des postes et des chemins de fer, la vie quotidienne des élèves était bien plus joyeuse que celle de mon internat normand. Je changeais d'amis, de jeunesse, de professeurs. Il y avait chez ceux-ci d'aimables originaux et d'excellents pédagogues, M. Fantou pour le français, et surtout en classe de philosophie un certain Jean Maugüé, philosophe sans autre œuvre que son enseignement et un livre de souvenirs, *Les Dents agacées*. Normalien en compagnie de Sartre et de Nizan, il avait connu le Brésil avec Claude Lévi-Strauss, travaillé aux Affaires étrangères, professeur puis consul, laissé une forte impression chez les intellectuels de São Paulo, avant de revenir en France, chargé de nous apprendre à réfléchir un peu, nous qui abordions les Trente Glorieuses sans nous en douter. Je n'ai jamais rencontré un de ses anciens élèves qui n'ait été durablement bouleversé par les cours qu'il dictait en marchant à grands pas, une Camel sans filtre au bec, la fumée dans les yeux, vêtu d'un souple costume de tweed. Nous écrivions autant que possible les paroles qu'il laissait choir sans pitié, un peu trop vite. Il ne plaisantait pas souvent, il raillait plutôt. Ne se répétait pas, ne répondait pas aux questions. Ne laissait jamais un chahut se développer. Il avait la dent dure. Et nous étions assez curieux d'entendre pour la première fois comment se jouait selon Hegel la dialectique du maître et de l'esclave.

À l'improviste, il faisait des pauses pendant lesquelles il nous racontait sa vie avec sa gouvernante et femme de ménage, comment ils participaient aux jeux organisés par les journaux et s'embarquaient ensemble quand ils avaient gagné une croisière. Une vie paisible de célibataire à la fin d'une longue carrière de séducteur auprès des belles Sud-Américaines, qu'on lui avait peut-être reprochée. Nous l'admirions, il nous touchait par une blessure secrète à laquelle il n'a jamais consacré une ligne. C'était bien ce silence même qui la constituait.

Tous ses élèves ne devenaient pas « de gauche » pour autant. Mais ils étaient plutôt moins bêtes à l'arrivée. La gauche tentait de s'imposer en cours d'histoire pour les terminales avec l'étude du pacte germano-soviétique, un des virages les plus difficiles de l'année, quand un jeune professeur qu'on disait membre du Parti communiste nous expliquait comment les démocraties libérales d'Europe s'étaient elles-mêmes piégées avec ce jeu d'alliance. La Plaine-Monceau se bouchait les oreilles mais l'historien était en début de carrière et les élèves auraient bientôt la tête ailleurs. Les garçons à la mode fréquentaient le Drugstore, achetaient des chaussettes Burlington. L'un des nôtres, qui passait pour un paresseux incurable, griffonnait des paroles de chansons qui allaient lui apporter la fortune.

*

Mes amitiés ne se mélangèrent pas. Du côté de Gilles, il me fallut attendre de rencontrer son frère cadet, Denis, et d'être invité dans la maison maternelle d'Effondré près de Fontainebleau pour devenir un membre adopté par les siens. Par Roland, je découvris Mozart, Bach, Bartók. Et sa sœur, Manon, de quatre ans mon aînée. Très vite après la disparition des grands-parents de Pontaillac je ne vis plus ma vingtaine de cousins. Je ne comprenais pas bien qui j'étais ni où j'allais, sinon dans les livres, comme on va dans le décor. En invisible compagnie.

Avec le mélomane Roland j'écoutais beaucoup de musique, l'appartement de ses parents était bien équipé. Mon ami était courtois, se défendait de toute intimité avec humour et se destinait à des études de médecine, comme son père. C'est avec Manon que j'avais de plus longues conversations, sur la littérature et le cinéma pour commencer, puis sur tous les sujets personnels auxquels j'étais déjà sensible comme elle l'était aussi. Nous n'avions pas besoin d'être indiscrets pour passer aux aveux, même si j'arrivais un peu trop tard dans sa jeunesse : elle allait se marier, à croire que l'erreur était urgente. Je m'étais rendu seul au Festival d'Aix-en-Provence pendant qu'elle convolait, mais le hasard de son voyage de noces fit passer son couple dans les parages. Je louais une chambre chez une vieille dame non loin de la fontaine des Quatre-Dauphins, où l'on pouvait m'écrire. Un matin de bonne heure la terre trembla. Rien de dramatique, mais assez surprenant pour m'éveiller. La porte d'une grande armoire devant mon lit s'était ouverte toute seule, sans grincer. Puis rien. Un peu de bruit au rez-de-chaussée, pas un cri. La chose n'était pas si rare dans le Midi. Il me sembla que je ne pouvais être plus en sécurité ailleurs que dans mon lit. Était-ce aujourd'hui que Manon devait passer ? J'allais me rendormir quand on frappa. La clé tomba, ma logeuse pointa son nez : « Vous n'avez pas eu peur, jeune homme ? Rien de cassé ? Au fait, vous avez de la visite. » Elle fit entrer Manon qui referma derrière elle. Habillée comme pour aller à la plage, elle semblait un peu émue. Son mari allait nous attendre en voiture dans la rue d'ici un quart d'heure, pour aller nous baigner dans une carrière près de la ville. On trouverait un café en chemin. Est-ce que j'avais senti le tremblement ? Elle s'assit sur le lit contre moi. Est-ce que je dormais toujours nu ou c'était pour l'accueillir ? Est-ce que j'avais eu son télégramme hier ? Non. Il faisait chaud, elle avait couru. Elle ouvrit sa chemise, se pencha sur moi. « Je ne vais pas te manger, je t'embrasse. Il faudra que tu prennes un maillot. » Silence inouï. En descendant l'escalier derrière elle j'étais tout à fait réveillé.

Il y avait hors de la ville un petit bois près d'une carrière remplie d'eau où jouaient des baigneurs. En voiture, le mari parla rapidement d'opéra et de séismes. Je lui trouvais une petite mine. Il se trempa avant d'aller sécher sur le sable, nous laissant tout le lac vert. Il se sentait barbouillé. J'avançais dans l'eau avec Manon jusqu'à n'être plus à portée de voix. L'eau était presque tiède, nous y restions jusqu'au cou. Elle fit glisser une de ses bretelles en s'appuyant de l'autre main sur mon épaule. « Alors, ce mariage ? » Elle me jeta un œil noir : « Si tu savais... » Non, vraiment, je n'y tenais pas. Cet aveu me suffisait. L'eau était claire et opaque, un piège au soleil. Un petit avion passait dans le ciel, tirant un long drapeau publicitaire, et son moteur brouillait nos paroles. Je me rapprochai vivement de Manon pour mieux l'entendre. C'est à peine si dans les reflets de l'eau je distinguais mes mains sur sa poitrine. Je me mis à rire assez fort comme si elle m'avait raconté une bonne plaisanterie, et je lui demandai à voix basse : « Tu es toujours vierge ? », je savais que c'était une épreuve qu'elle redoutait. Elle soupira : « Franchement, j'aurais préféré... » Puis elle ajouta avec un brin de perfidie : « Et toi, parlons-en. » Elle fit un signe au mari qui ne nous quittait pas des yeux, glissa un genou entre mes jambes. « On verra ça à la rentrée. » Je n'ai pas vérifié, mais je crois que cet été-là, dans la cour de l'Archevêché, on avait donné *Così fan tutte* avec Teresa Stich-Randall.

*

Par la suite et dès la rentrée, je restai fidèle à Mozart, mon amitié principale passant de Roland à Manon. Le téléphone portable n'existait pas encore, et le fixe ne venait pas jusqu'à la chambre sous les toits que j'occupais près du métro Villiers, dans la rue des Dames, que j'espérais bien-nommée. J'avais quitté l'appartement de mes parents après des vacances avec eux aux États-Unis, à peine étonné qu'ils n'y voient aucun inconvénient, leur laissant entendre qu'il me fallait un peu vivre seul si je voulais bientôt avoir une compagne. Ou une compagnie. L'argument toucha mon père qui aménagea aussitôt ma chambre chez eux en bureau pour lui. Une amie, que j'avais connue grâce à un recueil de poèmes de Tristan Tzara – je l'avais prêté à un voisin qui l'avait oublié salle Gaveau où cette étrange jeune fille l'avait ramassé, avec mon adresse griffonée au crayon – me recommanda auprès d'un organiste qui vivait dans cette rue encore vétuste par endroits. La nuit, depuis mon toit, j'entendais parfois un hibou chanter, un rossignol aussi, et en été braire un âne. Au métro, un grand café disposait d'un percolateur à l'ancienne, majestueusement argenté sur le comptoir, qui fournissait un breuvage fade à toute heure.

C'est dans ce café que je venais téléphoner, avec des petites pièces creusées d'une encoche, fournies par les PTT. La vie de célibataire adolescent me semblait peu commode – il fallait prendre des douches dans un établissement public, rue Dulong, faire laver mon linge au-dehors, entre autres – mais l'espoir y était gratuit. Et je ne téléphonais pas tant que cela. Au contraire, il existait alors un service de la Poste qui nous convenait parfaitement, à Manon et moi, le pneumatique. Il suffisait de confier un courrier assez bref, une enveloppe appelée « pneu », à un réseau de tubes le faisant voyager avec de l'air comprimé dans un réseau circulant dans tout le sous-sol de Paris, et à l'arrivée au bureau le plus proche de l'adresse voulue, un coursier se chargeait de l'apporter en main propre au destinataire. Le tout prenait une heure environ, en offrant beaucoup d'avantages, discrétion du message, élégance de l'écrit, collection des messages dans le temps, etc. Je gardais soigneusement les pneus de Manon dans un vieux cartable fourré sous mon lit, enchanté de cette cachette « à pneus » qui me faisait penser à chaque fois à cet exemple de langage familier cité dans le dictionnaire Le Petit Robert à la définition du mot *roberts* : « fam. Seins. Exemple : "Je lui balançais ma paluche sur les roberts : fermes comme du pneu." (Sartre) » C'était une édition d'avant le tsunami *woke* et je n'habitais pas encore chez le petit homme. Le souvenir immédiat des seins blancs de Manon dans l'eau de la carrière aixoise jaillissait dès que ce mot me venait à l'esprit en recevant l'enveloppe un peu froissée des mains du coursier essoufflé qui venait de grimper les six étages de l'escalier à ma chambre, auquel je donnais un pourboire généreux, proustien pensais-je. Et ce mot à peine prononcé en silence, le temps de refermer la porte, suffisait à provoquer chez moi une fermeté soudaine doucement embarrassante. Le murmure de Manon se penchant sur mon lit pour m'assurer qu'elle n'allait pas me manger, chuchoté mais clairement audible, gravé en moi, ne faisait en général qu'aggraver mon cas, le plaisir qu'il avait annoncé avait été foudroyant, comme si pour la première fois j'étais tombé de cheval. Il n'était pas question d'en rester là.

L'automne vint, le mari retourna au labeur. Un après-midi où elle savait être tranquille, Manon m'invita à passer chez elle. Je craignais d'être émotif, mais je le fus plusieurs fois. Depuis ce jour je n'ai cessé d'attendre les frémissements de l'écorce terrestre comme s'ils devaient commander les miens. J'avais du retard à rattraper, mais beaucoup d'appétit et nous étions tous les deux impatients. À la campagne où les parents de Manon possédaient une maison, nous allions souvent pour un jour ou deux avec Roland parfois, qui jouait de la flûte, mais sans le mari retenu à Paris. Et s'il nous rejoignait sans prévenir, nous avions adopté un nouveau passe-temps : dans la cave, une table, deux bacs, quelques fauteuils et un matériel d'amateur simple nous autorisaient à verrouiller la porte en affichant « Ne pas entrer, développement photo en cours ». Et de fait, nous avions quantité de clichés pris à Paris ou Venise qu'il fallait tirer en différents formats, faire tremper dans le révélateur puis le fixateur, et suspendre à un fil ensuite. Le tout à la seule lumière d'une ampoule rouge, pour ne pas voiler la surface du papier photographique sensible. Toute autre lumière claire entrant dans la cave par la porte était à proscrire. Nous avions des dizaines d'images à traiter, bien sûr, et tous les habitants de la maison étaient informés de la fragilité de nos travaux. Le cas échéant, quand il interviendrait par surprise, le mari ne trouverait rien à redire à ce verrou qui nous accorderait le temps de nous rhabiller. Manon avait eu l'idée de cette ruse pour me faire apprécier le bon usage des fauteuils autrefois « club », à présent défoncés qui nous conviaient si souvent à la débauche dans la pénombre souterraine. Les halos rouges de la lampe sur la peau blanche du dos de Manon arc-boutée en travers du club et m'encourageant à perpétrer plus avant mon outrage et les reflets sur ma peau de la même pâleur disparaissant entre ses mains, ses jambes, ses hanches, parfois crépitant d'un contact électrique tremblant, secoué, tandis qu'une vague nous traversait l'un et l'autre ensemble et que dans un bac la façade d'un palais sur le Grand Canal virait au noir, trop tard, je les associerais toujours ensuite à ces plaisirs obscurs. Peu après je vis au cinéma le film d'Antonioni, *Blow-Up*, et le revis une dizaine de fois, à Londres en prenant des notes à l'aveugle sur un carnet pour repérer les noms des rues qu'emprunte le photographe Thomas, interprété par David Hemmings, retrouver le petit parc où il aperçoit Vanessa Redgrave et l'homme mort, la boutique de brocante (en réalité une boucherie ordinaire) où il achète une hélice d'avion en bois, à l'angle d'une rue, en bas du parc et surtout l'adresse de ce jardin obsédant planté sur un ancien camp romain, à Greenwich : Maryon Park. En bas de la pelouse où Thomas découvre – peut-être – le cadavre, un simple court de tennis, celui de la scène finale du film ou des garçons et des filles, des mimes, jouent une partie sans balle, invisible et pourtant animée, que l'on a pu interpréter comme une allégorie dansée de l'art ou de la littérature – pour qui ce coup droit, ce revers ? –, un ballet de fantômes dont je faisais aussi souvent que possible l'apprentissage avec Manon. Elle avait beaucoup à m'apprendre et moi tant à désirer. Avec le temps, j'ai pu constater que dans les images brûlantes et précipitées de ces années, celles de son corps n'ont jamais été trahies. Il m'était arrivé de penser à d'autres avant le sien, que je n'avais pas touchés, comme on rêve tous. Mais avec elle il n'y avait pas de doute, c'était elle en présence absolue, je n'imaginais aucune bouche, aucune nuque que les siennes, elle seule était là et je pensais que c'était de l'amour.

VIII

Pour en rester aux premiers plaisirs des formes, je dois signaler un de mes attachements enfantins les plus indélébiles – avec celui de mes deux bonshommes d'insomnie au mur noir de la chambre des parents – et qui me suivit assez tard dans ma scolarité, celui de la France. Dès les classes de maternelle on pouvait voir accrochée à côté du tableau, derrière le bureau du professeur juché sur son estrade, une grande feuille de carton carrée représentant la France en couleurs se détachant sur le fond de l'océan bleu pâle ou de la Méditerranée, et la surface blanche de l'Europe. D'instinct, si j'ose cette hypothèse gourmande, la France me plut. Je ne savais pas ce qu'était un hexagone, et plus tard la ressemblance avec cette figure géométrique me parut très contestable, mais je voyais très bien comment se présentait une pleine boîte de chocolats de qualité, tous enveloppés dans des papiers métalliques brillants figurant des arcs-en-ciel ou des feux d'artifice. Les premières cartes variaient un peu selon les modèles, peintes de couleurs pastel, jaune serin, rose bonbon, mauve ou bleu ciel, pour que l'on puisse lire les noms du département et de quelques villes. Dans un premier temps, c'est ce mélange de couleurs tendres qui me plut, comme un bouquet de pois de senteur, ou une vitrine de petites pâtisseries renversées.

Avec les années, l'Histoire faisait une entrée fracassante dans le relief du pays avec de grosses flèches noires indiquant l'arrivée des envahisseurs cruels de l'Est à la suite des Romains. Les teintes restaient délicates malgré l'intensité des combats. Elles le seraient toujours avec les mouvements de l'armée allemande, l'occupation du territoire, les grands sites meurtriers. Ce n'était pas pour édulcorer les horreurs du passé, mais une contrainte de l'imprimerie : on ne pouvait masquer en bleu nuit ou noir les épisodes les plus douloureux sans les rendre aussitôt indéchiffrables, ce qui n'était pas très pédagogique pour les enfants. Plus tard, on instillerait dans le récit de la France des nuages plus sombres, un brouillard plein de soupçon, mais pas trop tôt. Ce qui retenait mon attention, c'étaient les mouvements des frontières.

Du côté de l'Atlantique, la côte était stable. Mais à droite, à l'est, tout se gâtait. La France de Philippe Auguste et celle de Louis XI avaient un peu l'air de patates épluchées à la hache. Il fallait attendre la Révolution pour retrouver une silhouette convenable, et l'acquisition de la Savoie, de Nice, du Comtat Venaissin, lorsque nous serions déjà grands. L'ennemi venait donc toujours de l'Est, même si nous avions beaucoup à craindre des Arabes. Et des Anglais qui aimaient nos campagnes, nos vins, déjà. Mais la guerre avec eux était une affaire de famille et malgré tout Churchill nous renverrait bien l'ascenseur.

Je ne pouvais m'empêcher de voir dans le dessin de ces frontières des secteurs bizarres. Le Cotentin se tenait droit avec des cornes molles, comme un escargot égaré. La Bretagne était dévorée de criques entre les caps, une crêpe rongée par les marées, les courants, crachant par la langue du Finistère sa mauvaise humeur d'être en France. Plus bas, la Gironde ouvrait sa gueule dans l'océan, entre la Saintonge et le Médoc, avec au nord la plage de mes vacances, au sud la côte longiligne des Landes jusqu'à l'Espagne et, disait-on, des nudistes en liberté. Au milieu de cette bouche ouverte dans un rictus méprisant qu'on attribuait aux riches commerçants de Bordeaux qui trafiquaient les esclaves africains, les bois précieux et expédiaient des tonneaux délectables.

Au sud, l'arc de cercle entre Narbonne et les îles d'Hyères était parfait. En remontant de Nice vers les Vosges, mon regard troublé finit par déchiffrer un profil suspect, celui d'un homme en colère dont le menton était en Italie, la bouche ouverte à la hauteur de Turin, le nez de vieillard planté en Suisse, la narine gauche occupée par le lac Léman, et le front rejeté vers l'Allemagne par la plaine d'Alsace. Que voulait ce barbare menaçant ? Je l'imaginais cruel, avec son visage immense, son rictus muet d'affamé. D'autres voisins me paraissaient mieux lotis. La botte italienne était tout simplement indiscutable. L'Espagne avait un équilibre plus ou moins carré, massif, et le noble profil d'un gentilhomme portugais tourné vers l'océan, les yeux pleins de caravelles. L'Angleterre ou plutôt la Grande-Bretagne, ma figure préférée, ne m'apparut pas tout de suite, se révéla en deux ou trois ans, comme une grande fille dégingandée dans la mer du Nord, une danseuse excentrique un peu saoule, la tête en Écosse, coiffée du bonnet des Highlands, la taille serrée vers Liverpool, la robe virevoltant au pays de Galles et les pieds en écart entre Londres et la péninsule des Cornouailles. Les pays européens ressemblaient pour la plupart à des tartes maladroites, entamées par les batailles et les défaites, souvent méconnaissables d'un siècle à l'autre. La France avait en fin de compte une certaine majesté tranquille après les deux guerres mondiales et, sans être un hexagone parfait, avait l'air serein d'une étoile de mer somnolente. Mais la Grande-Bretagne, déhanchée sous la pluie dans un twist qu'elle communiquerait au monde l'année de mes quinze ans, était le royaume le plus agité de l'Europe, sans jamais dire qu'elle en faisait partie, l'île des rêveurs et des excentriques.

Ces impressions géographiques en disent long sur mon aptitude à somnoler pendant les cours du matin. Elles ne se formèrent pas en un jour mais tout au long d'une vie d'écolier, puis de lycéen. Je ne peux compter combien d'années cette dérive paresseuse dura, sans doute jusqu'à l'approche d'un changement qualifié d'important, la menace d'un redoublement, d'un examen, un nouveau professeur. La collection des informations, sérieuses ou figurées, se rapportant aux cartes me semblait confusément utile. Tout ne pouvait pas être faux dans ce que j'accumulais ou inventais, d'autres l'avaient fait avant moi, et c'était devenu vrai, la gueule de la Gironde et l'appétit affreux des Allemands. Même lorsque j'étais amené à changer d'avis, à corriger une faute, je n'étais pas sûr qu'il fallait jeter toute cette faute à la corbeille. Il me fallut du temps pour parvenir à ce genre de réflexion, et les leçons d'un professeur de physique original au lycée Carnot, un sosie de l'acteur Noël Roquevert qu'on voyait souvent à la télévision.

Décidé à nous laisser préparer par nous-mêmes les sujets au programme de seconde, pour consacrer le temps des cours à ce qui lui semblait plus essentiel, il avait mis l'accent sur la notion d'erreur : comment tout calcul, toute évaluation précise comporte une part d'erreur, de quelle façon la mesurer, l'accepter ou non. L'erreur comme part nécessaire de la vérité, c'était à notre âge un thème nouveau, presque révolutionnaire, qui marqua durablement la génération d'élèves qui passèrent par lui. Il avait la petite moustache, les sourcils de Roquevert, mais ne commit pas les mêmes erreurs que lui et ne fut pas inquiété par l'épuration après la Libération. La dernière fois que je le vis avec des amis de Carnot, il se promenait, l'air sérieux, parmi les prostituées de la rue de Provence et nous fit un salut distrait.

Les silhouettes des femmes de petite vertu, dans cette rue bondée de commerces et de passantes, derrière les grands magasins, un des quartiers les plus saturés de Paris, n'étaient pas très attirantes. Elles avaient la même allure épaisse et fatiguée que la moyenne des clientes qui se bousculaient sur les trottoirs, mal habillées et lasses dès le matin de mener cette vie de foule. L'air ne circulait jamais assez dans ce quartier embouteillé, consacré aux bistrots et à la fripe. Pourquoi y avait-il ici une telle concentration de Vénus à la retraite qui ressemblaient aux vieilles tantes qu'on voyait l'été sur les plages, et qui s'y intéressait ? Je n'avais jamais aimé cette partie basse de la ville entre l'Opéra et les Grands Boulevards, encaissée, étouffante, même quand on m'y emmenait voir les vitrines animées au moment de Noël, cette cuvette irrespirable et sans espoir. Par quelle erreur notre rusé professeur venait-il ici chasser le plaisir ? À moins qu'il ne cherche rien de tel dans ces rues. Il habitait peut-être là. On ne reprenait son souffle qu'en montant par Notre-Dame-de-Lorette ou la Trinité, la longue côte qui allait vers Montmartre et Clichy. La grande place inclinée où trônaient les restaurants Wepler, Charlot Roi des coquillages et le cinéma Gaumont, penchait comme un porte-avions que surmontaient les fusées en attente au sommet du Sacré-Cœur, seins blancs de pierre tendus vers les lèvres du ciel.

*

Mis à part le souvenir peut-être rêvé où ma mère m'était apparue, je n'avais aucune idée avant Manon de ce qu'était la poitrine d'une femme. Mes cousines, leurs amies de vacances, la brune du passage Saint-Michel étaient plates comme des garçons. Mais le cinéma réservait quelques tours aux parents insouciants. J'avais huit ans quand ma mère m'emmena voir au Gaumont-Palace – la vraie cathédrale de ces années – *La Reine Margot* avec Jeanne Moreau. Le film était en costumes et en couleurs, les dialogues étaient drôles et la reine pleine d'audace. En venant récupérer la tête de son amant décapité, Hannibal de Coconas, la reine Margot s'approchait du bourreau, se tournait face à la caméra en dégrafant brusquement son corsage, prononçait une phrase résolue du style « Payez-vous ! » qui pétrifiait l'assistance autant que le bourreau. Je cite de mémoire cette réplique de la grande Jeanne Moreau dont le public ébloui – moi, en tout cas – apprit d'un coup qu'elle avait des seins ravissants. Ma mère fit un geste pour me masquer les yeux, surprise elle aussi. La vision fut marquante et brève. Indélébile néanmoins. Chaque fois que la télévision a rediffusé le fim de Jean Dréville, ce passage a été censuré, malgré l'impatience de beaucoup d'anciens spectateurs. Il est vrai que dans le même souci de vandalisme culturel on a également détruit le cinéma Gaumont-Palace où j'eus à cette époque la révélation aussi bouleversante des sirènes de *Peter Pan*, nymphettes potelées aux yeux malicieux, aux coiffures en queue de cheval, à la Bardot, dont le buste florissant gonflait le corsage. Leurs fesses s'évanouissaient dans leur queue de poisson, hélas. Rien de plus encombrant. Ma fièvre ne pouvait se déplacer que sur la pétillante fée Clochette. Trop minuscule. Ne restait que le vert, le voltigeur, le mystérieux Peter, mais je n'osais y penser.

« Allons donc, dit Édouard, moi j'en connais qui avaient déjà à cet âge des idées très épanouies de ce côté-là.

– Et ça vous a bien réussi ? »

Un silence de plomb s'abat sur la terrasse du Gymnase. Édouard observe le flot des voitures sans répondre. Olivier me fusille du regard. Je vois que ce colosse normand d'Olivier se retient de ne pas me réduire en pot de rillettes. Il est de Cabourg, c'est la ville de Proust. Pas touche aux jeunes filles en fleurs. Pourquoi suis-je si lourd ? Mais Olivier dit à Édouard d'aller chercher trois pastis pour fêter la mémoire de Jeanne Moreau et en profite pour m'expliquer rapidement qu'il ne faut pas en vouloir à Édouard : il est facilement ému. *Botus et mouche cousue*, le revoilà.

« Au fait, dit Édouard en déposant les pastis sur la table, je dis "au fait" bien que ça n'ait rien à voir, mais tant pis : je vous avais déjà raconté qu'en me promenant dans le cimetière il m'arrive de croiser certains morts qui se portent bien, discrètement, et font leur petite tambouille. On n'est pas censé les entendre, en général, mais moi oui. Comme vous avec vos chats. Ils complotent, bavardent à voix basse, je parie qu'ils baisent. Ou bien ils font des fouilles, retrouvent des manuscrits égarés. Ils ont une loterie où on gagne des vacances chez les vivants. Et si l'on perd…

« Arrête de boire », dit Olivier.

Édouard insiste.

« Vous n'avez pas suivi la dernière leçon d'Antoine Compagnon au Collège de France, "La vie derrière soi" ?

– Mon amie Meriem, dis-je, adorait Compagnon. Elle me racontera quand on se verra. Pour l'instant elle est morte.

– Ça lui passera, vous comprendrez. C'est hyperrelatif, votre vague à l'âme. À chaque époque il y a un moment où des esprits élégants se disent que c'est foutu, que rien ne sera plus comme avant, authentique et sincère, sans ironie. Ils s'espèrent naïfs, alors que bon, voyez ce que je veux dire. On est déjà dans le recopiage, la singerie. Personne n'est dupe, tout le monde le sait. Pour ces gens-là aussi, le moment de la fraîcheur, du premier pas sur un mode vierge est passé. Mais ils continuent à faire semblant, parce que c'est ça, la comédie humaine. On est plein de passé dès le départ.

– Je ne te suis plus, dit Olivier.

– Pas grave, notre ami suit.

– En tout cas, Meriem m'expliquera, dis-je, elle est futée, elle.

– Était-elle désespérée ? »

Édouard haussa les épaules.

« Sans doute à cause de ces affreuses théories de Compagnon que tu racontes à Michel. Ce n'est pas gai. Qui était Meriem, au fait ?

– Je ne vous l'ai pas présentée encore. Plus loin, peut-être. J'ai le droit de faire entrer ou sortir des gens du roman. C'est mon côté quantique...

– Pas très réglo, dit Olivier.

– Si, c'est justement de ne pas être réglo, qui l'est. »

Je lève un sourcil, style Lacan. Ils se taisent aussitôt. C'est pourtant d'un vieillot, Lacan. Ça me rappelle le commandant Mouchotte. Les costumes de chez Cifonelli, les cheveux blancs brossés en arrière, les cigares *culebras* tortillés au bec qui lui imposaient le silence, de plus en plus. La moue dédaigneuse, qui s'en souviendra, bientôt ?

*

Meriem était une adolescente quand elle s'intéressa à ma bonne mine, m'apercevant derrière une table de signature dans un salon du livre à Paris, en je ne sais quelle année. Elle était venue avec une camarade de lycée et resta cachée dans la foule en passant devant le stand de mon éditeur. Ce jour-là, comme elle me l'expliqua plus tard, à dix-huit ans, elle n'osa pas m'aborder, n'étant pas accompagnée d'un adulte ou d'un professeur. Elle m'écrivit très poliment en disant qu'elle était une lectrice qui serait majeure au printemps. Cette réserve me fit sourire intérieurement et, quand l'âge libérateur fut atteint, sa retenue vola en éclats au premier rendez-vous de l'automne. En sortant du restaurant chinois de la place de Catalogne, je lui trouvai soudain dans le soleil un air d'Isabelle Adjani à ses débuts et je l'embrassai avec fougue. Elle ne me repoussa pas, me laissa la guider chez moi, oublia qu'il y avait un garçon qui l'attendrait chez lui plus tard et se prêta à tous les jeux qu'il n'avait pas eu le temps de lui montrer. Ces progrès si rapides auprès d'elle se firent très naturellement, elle ressemblait beaucoup à cette jeune actrice qui m'avait tant ému en jouant ce rôle d'une lycéenne tour à tour innocente et hardie. Comme elle, embarrassée d'une pudeur enfantine et décidée à découvrir ce à quoi elle avait eu le temps de trop penser. Son partenaire avait-il tant à connaître lui-même ? Lui manquait-il la différence d'âge qui dans certaines traditions permet de croire permis tout ce qu'on n'autorise en fait qu'une fois au pied du mur ? Je crois qu'elle avait un père originaire d'Afrique du Nord qui avait quitté le foyer, sa femme et ses filles, perdu ses droits, ne payait rien, leur faisait encore peur. Et que Meriem, élève sérieuse, nourrissait une idée trop haute de ceux qui écrivent des livres. Ce n'était pas à moi de la décourager, certes, et je la complimentais en tout.

L'heure tournait, elle ne voulait pas me quitter. J'avais une séance chez mon psychanalyste et elle proposa de m'attendre dans la voiture pendant que j'étais à confession. Après quoi, elle se rendit chez son petit amant retirer quelques affaires avant qu'il ne rentre. La brutalité de sa démarche me parut bien rapide et dangereuse. Le voulais-je tout cela, si vite ? Je ne me sentais pas assez « libre », il faudrait encore en parler sur le divan. Elle trouva sans difficulté en elle la dureté et la diplomatie qu'il fallait pour rompre, retourna un temps chez sa mère qui avait dû s'habituer à ses tempêtes sentimentales, et vint se poser chez moi plusieurs fois par semaine. Je ne lui demandai pas le quand ni le pourquoi. J'apprenais aussi.

Entrée en faculté de lettres, elle se plia sans peine à ce nouvel enseignement, ce qui m'avait bien plus coûté. Elle me semblait nettement plus intelligente que moi, mieux capable de s'arranger du monde d'aujourd'hui, en tout cas. Sur ce point, j'étais d'accord avec elle, nullement vexé. Elle considérait que j'appartenais à une sphère de pensée littéraire révolue, un ensemble esthétique qui n'avait plus cours que dans les romans au programme des classes de première et terminale, tombé en désuétude. Je le savais, je m'en voulais, et pourtant il n'y avait pas si longtemps que je ne me voyais voyager qu'en calèche, avec les ambitions de Julien Sorel en tête. À treize ans, j'étais déjà un ridicule survivant des poussières, assez fier. Et ça lui plaisait cette dimension inspirée du musée Carnavalet. Elle lisait le journal, écoutait la radio, mais venait bavarder avec moi dans mon aquarium où passait *Don Giovanni.*

Depuis le pensionnat en Normandie, quand j'étais tombé en admiration – et peut-être un peu plus, dans ce que Zweig a nommé « la confusion des sentiments » – devant le fier Lucien, un élève féru de lettres classiques et de filles délurées, je vivais dans la compagnie des romanciers de l'âge d'or européen. De retour à Paris ensuite, la fréquentation de la maison d'Effondré où m'emmenèrent fréquemment mes amis Gilles et Denis, une vaste demeure qui déjà penchait vers la ruine mais nous laissait toute liberté, avec son décor début-de-siècle et son désordre tout-puissant, conforta mon goût pour la mélancolie et la destruction. Dix ans plus tard, Meriem avait saisi ce trait de caractère, encore actif alors que j'avais quitté la Normandie et perdu Lucien de vue, comme elle aurait pu m'accepter boiteux d'une jambe, ne chercha pas à m'en guérir. « Je vous trouve bien comme ça », disait-elle. Elle ne consentit jamais au tutoiement, moi non plus, par souci d'harmonie. « On peut essayer, si vous y tenez vraiment, me dit-elle. Je vous préviens, ça finira très mal. »

Après les années 68, qui eurent une longévité trompeuse, et leur façon illusoire de balayer les haies du bocage social, en permettant à chacun d'interpeller un inconnu en lui donnant directement de la seconde personne du singulier comme si on avait fait du skate-board ensemble – *Eh, dis donc, d'où tu parles, toi ?*, souvent pour s'adresser à un vieux professeur sous anxiolytiques, je l'avais vu à Nanterre –, il y avait pour Meriem une saveur particulière à maintenir entre nous la courtoisie du voussoiement dans les moments intimes de la chambre ou d'ailleurs (voiture, cinéma, etc.) : *Et vous, j'ai bien envie de vous faire ça…* et autres *Mais oui, aimez-moi donc comme vous voulez*, où il entrait une saveur bien plus fine que les grognements qu'on espérait alors très naturels (déjà la nature menaçait de nous gâcher le bon temps). Et je me contentais, en présence d'anciens camarades, d'excuser ma compagne d'un clin d'œil : désolé, c'est la différence d'âge.

En discutant avec Denis, frère de mon condisciple Gilles au lycée Carnot, je dus admettre qu'avec deux ans de moins que moi il avait déjà une avance que je ne pourrais combler, s'il fallait croire ce qu'il racontait de ses colonies de vacances passées. Je n'avais jamais rien connu de mixte, ni à l'école, ni au lycée, ni au pensionnat avec ses vestiaires et ses dortoirs, jusqu'à l'échéance du baccalauréat. Cet univers exclusivement masculin lui avait été épargné et le retard que j'avais pris alors ne se rattraperait pas de sitôt. Il avait déjà une petite amie qui disposait d'une clé de la cour et venait le matin se faufiler dans son lit; je dus attendre le froid de l'hiver pour qu'une menue Chantal, dont tous les garçons du village convoitaient la poitrine hors de proportion, portée haut sous un chandail irlandais, vienne s'asseoir sur mes genoux près des flammes et me laisse glisser une main pour cajoler ces anges lourds de promesses, l'un après l'autre. Plus tard, lorsque Denis, devenu père, fut marié et divorcé, je ne pus me pavaner avec Meriem devant la même cheminée en soutenant de pareils trophées. Mais celle-ci en avait d'autres, rebondis sous la taille et en haut des jambes à l'image des pleins et déliés. Je devais rester bien plus longtemps que mon ami dans l'antichambre du monde adulte, et ne m'en éloigner qu'à regret.

Tout ce que je sais maintenant de Meriem et Denis, dont je n'avais pas pleinement conscience autrefois, ces hésitations de l'amour, la forme de ces amours, ne s'est dessiné qu'assez lentement, à mesure que je me suis résolu à mûrir – ce qui est loin d'être achevé et n'eut rien de très satisfaisant – ou à prendre pour sagesse une pâle version de l'ennui, une acceptation mesquine des défaites inévitables. Je n'en ai parlé qu'à très peu de gens d'aujourd'hui, ni au Gymnase ni aux amis qui nous ont connus pendant ces longues années, comme si le processus n'était pas près d'être achevé, appartenait plutôt à la structure incurable de mon caractère empêché, en assurait l'énergie qui me tient vivant. Il y a un peu de tout cela dans la fusion insensible des particules de mémoire dispersées par le temps et reliées au hasard, sans logique immédiate, dans un brouillard musical; on ne sait trop comment elles se succèdent, s'articulent ensemble selon un lien fragile, un jeu de mots – toujours un éclat, un fragment, qui en évoque un autre comme une plaisanterie, une couleur, qui à force d'être entendues, vues simultanément, finissent par être soudées dans la même lumière sous-marine comme les bancs de la Grande Barrière de corail en Australie. Ce n'est pas vraiment un caractère encore, plutôt l'histoire de l'un d'eux, la généalogie de ses accidents, perçus sous un angle esthétique, sans doute à jamais coulés.

Il y avait ainsi dans l'esprit de ma lycéenne (puis étudiante) favorite un subtil dosage de mœurs oubliées et de subtilité intellectuelle qui lui simplifiait la compréhension de certaines pensées savantes sur lesquelles d'ordinaire je butais. Je ne comprenais pas, ou bien de travers, et me trouvais stupide quand ma petite maîtresse avait des ailes ; il me fallut quelque temps pour voir une autre origine à mes accidents de bêtise : une confusion des histoires par lesquelles on se raconte notre explication du monde – de la caverne de Platon aux traductions piégées de l'inconscient. J'avais lu trop tôt, confondu les images, tout compliqué. Meriem se demandait par moments si j'étais un cerveau supérieur ou un faux savant un peu crétin, rôle le plus probable à mes yeux. C'était néanmoins ce déséquilibre entre nous qui nous convenait. Quelle idée rassurante se faisait-elle d'un amant plus âgé, je l'ignorerai toujours. Et de mon côté mes naïvetés ou ma sottise ne m'inquiétaient pas tant qu'elles laissaient mes rêves et mes intuitions se former librement. Meriem y voyait la marque romantique d'un esprit original et créatif ; j'obtenais toute liberté pour mes caprices avec elle.

Mais je ne pouvais expliquer à Édouard et Olivier ces réflexions tortueuses et inabouties, dont j'étais loin d'être sûr. Elles me paraissaient trop orientées sur les exigences de la chair, comme disent ceux qui les bravent, pour être honnêtes. Je me consolais toutefois en pensant que Meriem devait y trouver son compte après tout pour les interpréter de cette manière, et à présent j'en suis certain ; mais je doute encore d'avoir été de bonne foi au moment des négociations. Un doute sans rien de léger ni d'innocent, désormais impossible à pardonner.

*

En quittant le mont Parnasse, par l'est, vers la pente de la porte d'Italie, des gares d'Austerlitz et de Lyon, qui mènent au sud bienheureux de la carte que j'admirais petit, on est encore un moment en haut de la ville, à Port-Royal, dans un monde suspendu. La rue Pierre-Nicole qui mène au Panthéon présente, avant d'aboutir à celle des Feuillantines, une entrée d'immeuble composite, du genre baroque moderne, mélange de fausses ruines et de nature agitée, d'un style bien choisi pour ces lieux. Le marcheur est encore en altitude, devant lui la rue Claude-Bernard, le boulevard Saint-Michel tombent, les monuments, les écoles et les hôpitaux s'étalent librement, leurs coiffes dépassent les murs d'enceinte comme le clocher de Saint-Joseph-de-Cluny que l'on aperçoit en roulant sur le boulevard Arago, sans pouvoir lui donner un nom.

C'est dans une petite rue de ce quartier que j'ai fait la connaissance de plusieurs personnes qui ont sensiblement compté. Un ami de Joaquina prenait soin de sa santé bien avant qu'elle ne vienne habiter chez moi à Mouchotte puis au Raspail, un homme intuitif et efficace qui trônait dans un cabinet sombre débordant de jouets et de figurines de bois ou de plastique, une collection suffocante où il semblait mieux à l'aise que nulle part. Ses ordonnances rédigées dans tous les sens, d'une écriture maniaque, étaient des exemples spontanés d'art brut qu'il achevait en soupirant. Quand un jour Joaquina, inquiète sur l'issue d'une affaire qui lui pesait, lui demanda s'il avait l'adresse d'une astrologue ou d'une voyante « sérieuse », il lui conseilla une « dame très bien », une voisine qui habitait dans la rue, en face de chez lui. Joaquina et moi étions tous deux volontiers clients de l'absurde.

Mallory était en effet une dame très bien, une bourgeoise distinguée à laquelle on ne donnait pas d'âge. Sans doute l'aurait-elle refusé, ces choses-là ne sont pas affaire de chiffres. Elle habitait avec son mari les deux derniers étages d'un immeuble moderne, le mari était au sixième, à la retraite, elle recevait au septième dans un boudoir peuplé de grandes plantes auxquelles elle parlait par moments (elles ont besoin qu'on leur témoigne de l'attention). Elle était accompagnée de plusieurs chats et chiens de petite taille qu'elle grondait vertement dès que l'on sortait de l'ascenseur, jusqu'à ce que la porte du boudoir soit refermée. Après le décès de certains d'entre eux, elle fit l'acquisition d'un chien plus grand, un sibérien impétueux qui la fit quelquefois chuter lors des promenades nocturnes qu'ils pratiquaient tous deux et la traîna sur le trottoir. Elle lui pardonnait toujours : « Il est si jeune ! » Et Mallory, à écouter la litanie de ses misères de santé, avait la peau dure. On raconte, mais on ne se plaint pas.

Elle avait survécu à de nombreux coups du sort, des accidents variés qui n'avaient pas trop entamé sa bonne humeur ni sa vaillance. Elle pestait parfois contre son mari, un caractère misanthrope et rouspéteur, très français, dont je n'ai jamais su quelle avait été l'activité avant qu'il ne prenne très tôt sa retraite. Peut-être avait-il été militaire, comme le père de Mallory, autre homme impitoyable à en croire celle-ci. Il passait son temps à la maison, souvent au lit, regardant la télévision et détestant l'humanité. Mais rien n'y faisait, malgré tout Mallory l'aimait et finissait l'évocation du terrible caractère de son époux par un aveu invariable : elle lui était pour toujours reconnaissante de ce qu'il avait fait autrefois. Quoi donc ? Elle ne parlait jamais de choses indiscrètes ni trop intimes. Disait juste qu'il n'était vraiment pas commode.

En prenant rendez-vous avec elle la première fois, je lui avais indiqué le jour, l'heure et le lieu de ma naissance, au téléphone. Elle en avait tiré un thème astral qui au fil de mes visites se révéla un puits de renseignements et de réponses quasi infini. Quand je lui apportais un élément nouveau, un incident, une crainte, elle tapotait le cercle étoilé de mon thème avec l'ongle verni d'un index :

« Eh bien, ça ne m'étonne pas, ce que vous me dites. Le voilà ce faux ami qui ne vous veut pas du bien… Pas d'angoisse, il va bientôt devoir s'occuper de ses affaires ou perdre son travail. Ils sont tous comme lui, vos collègues ? Votre patron le sait ? »

Je contournais l'obstacle, mon patron était un genre de saint.

« Allons, un saint aujourd'hui, mais pas toujours. »

Et dans la foulée elle me racontait une longue histoire de sa jeunesse qui n'avait pas été de tout repos, avec ses parents, dans les pays chauds, où elle avait mesuré à quel point les membres d'une famille peuvent être difficiles et injustes entre eux. Je ne comprenais pas tout, elle était floue sur les dates, les conflits politiques, je ne parvenais pas à situer clairement le rôle de chacun dans son récit. Il résultait de ces aventures un peu censurées une impression de tristesse adolescente et d'injustice. Mallory avait eu une jeunesse rigide et son mariage avec un homme amoureux l'avait en partie délivrée. Toutefois, je venais ici pour tenter de résoudre mes problèmes et non écrire l'histoire des siens, et le temps filait, elle était intarissable jusqu'à l'instant où son index verni se replantait comme une fléchette sur mon thème :

« C'est bien pour cela que je vous dis, avec Saturne à cet endroit-là, vous êtes intouchable. Vous ferez peut-être une rencontre. Et vous aurez des idées le mois prochain. »

Des rencontres et des idées, voilà ce qui me redonnait confiance et si je suis resté tant d'années un de ses visiteurs réguliers c'est parce que je ne suis jamais parti de chez elle sans avoir le cœur léger. Même si elle n'a pas su me prédire à temps que celui-ci allait me lâcher brutalement un de ces quatre, en sortant du Gymnase. Après tout, mon cardiologue n'avait pas fait mieux.

Les idées, cela signifiait que j'allais me remettre à écrire, que je ferais encore avancer la revue dont je m'occupais. Et les rencontres, depuis toujours c'était une annonce de plaisir ou d'amour, intense ou passager, une surprise à laquelle j'allais pouvoir rêver en attendant qu'elle se précise. Je connaissais à peine Joaquina lorsque j'entrai pour la première fois dans le boudoir astrologique, entre les plantes vertes qui parlaient, la petite bibliothèque vitrée remplie des volumes de Stendhal et les chats qui protestaient derrière la porte. Ma vie sentimentale était dans une phase de mutation douloureuse. J'avais commencé d'aimer Joaquina sans savoir comment vivre le partage avec un passé qui me paraissait violent, impossible. Peu importe, disait

Mallory, il ne sert à rien de raisonner, ce que vous avez vécu avant est mort.

« Vous vous êtes bien amusé et ça aurait pu vous tuer. Plaignez-vous. »

En se reportant au thème astral de Joaquina, elle en conclut que celle-ci me ferait plus de bien que les autres, d'autrefois ou d'ailleurs.

*

Je ne sais ce qui m'intriguait le plus chez elle au début. Son allure mondaine et un peu fantaisiste, sa manière de parler fort : « Parce que je n'entends pas bien ! » Je haussais les épaules et la voix : « Moi non plus. » Nous chuchotions alors et cela nous faisait rire. Elle avait des clients de toutes sortes, beaucoup de femmes, bien plus d'hommes que je n'aurais cru, de France, d'Europe en général, mais aussi du Moyen-Orient, de Russie, on lui téléphonait des États-Unis. Les demandes étaient souvent les mêmes : mon mari me trompe-t-il, mes enfants se droguent, sont homosexuels, je suis malade combien de temps me reste-t-il, je m'ennuie, est-ce que ça va durer, etc. Les petites misères de la vie. On a tous besoin d'un tour d'horizon d'abord pour se préparer au pire. Le plus étonnant était le grand nombre de personnes qui s'apprêtaient à faire confiance à une réponse, une prédiction fondée sur quelque détail de la position des planètes, décelé par Mallory et pointé de son index verni, qui leur aurait semblé, dans un autre contexte, totalement insignifiant. Mercure en trigone avec je ne sais quoi, ça veut dire qu'il couche avec la baby-sitter ? Y avait-il beaucoup de consultants qui prenaient leurs décisions à partir de si peu ? Oui, bien sûr, moi-même je me savais très influençable et soumis à l'humeur de ma pâle astrologue. Elle en avait l'habitude et terminait toujours les séances sur une note optimiste.

« Je vous assure, vous devriez vous lancer dans une sorte de comédie à la Feydeau, avec des répliques absurdes, les gens aiment ça. Quant à la belle qui vous tracasse en Gémeaux, dormez tranquille, elle vous adore. Tâchez d'être un peu plus attentif. Et pour vos palpitations, ça va passer, de la nervosité, sans plus. »

Des années plus tard, après avoir quitté la rue du Commandant-René-Mouchotte, les manuscrits et les salons de mon éditeur, quelques amis d'une longue vie, la nervosité me terrassa sur mon vert Raspail d'un coup de savate. Le médecin me dit que ce genre de chute ne se prévoit pas, quand bien même il se produirait sur sa table d'examen. Déjà est toujours fini. Quand, une fois opéré, recousu, réanimé, je revins le voir, il s'attendait à des remerciements de ma part, je n'en fis aucun. J'avais loupé une excellente occasion de trépasser sans souffrir. Mallory, à laquelle je me retins d'adresser quelque reproche, me gronda aimablement :

« Vous avez vu les funérailles de votre Johnny, ce n'est pas si mal, non ? Vous allez vous marier… »

Et alors ? Je me demandais si Joaquina, elle, avait de la chance. Dans mon enfance j'avais été un tyran naturel, un gosse insupportable, ma mère me l'avait dit dès que j'avais pu être vexé. Je me souviens en effet de nombreux conflits avec elle, qui n'était pas forcément commode non plus et me réservait toute l'autorité qu'elle n'exerçait pas sur mon père. Il paraît que j'étais impatient, ce dont elle se moquait en reprenant à tue-tête le mot attribué à Louis XIV : « J'ai failli attendre ! » Et elle me contrariait volontiers sur la plage ou au bois de Boulogne, pour le choix d'un caillou plutôt que d'un autre, ou d'autres sujets de même importance. Je me souviens de ces petites batailles où je perdais forcément et ne pardonnais pas. D'anciennes photos témoignent de mes colères qui aujourd'hui peuvent jaillir intactes, aussi démesurées que sur un tas de sable. Joaquina survivrait-elle à de si vieilles tempêtes ? Mallory me proposait un chocolat.

« Oui, elle va se durcir. Et vous deviendrez grand, peut-être. »

Elle étouffait un rire de gorge affecté. Ah si je l'avais connue à cet âge. Mais nous n'habitions pas les mêmes quartiers, c'est vrai, et son père n'avait jamais pelleté du charbon dans une locomotive.

À vrai dire, ce n'était pas le destin choisi par mon père non plus. Il voulait dessiner des avions et n'avait pas prévu la Seconde Guerre mondiale, comme mon grand-père André n'avait su empêcher la Première, humbles piétons. André avait été un des premiers de la famille à quitter le sillon traditionnel où l'on comptait, dans la région de Taillebourg, plus de tonneliers et de distillateurs de cognac que d'enseignants. Après une longue scolarité en pension, ses maîtres l'avaient encouragé à poursuivre, devenir instituteur, intégrer le corps de ceux que Péguy nomma « les hussards noirs de la République ». Il y avait beaucoup à faire, dans la petite ville de Mauléon où il fut nommé, on ne parlait presque pas le français, plutôt le patois. Ses enfants avec Suzanne avaient tous suivi des études poussées, l'agrégation de mathématiques pour Jeanne, l'agronomie pour Jean, Polytechnique pour Georges, devenant professeurs ou ingénieurs. Yvonne s'était plutôt mariée. Mon père, qui avait la réputation de s'être beaucoup opposé à André, avait choisi comme lui les mathématiques, au lycée Saint-Louis à Paris, proche du Luxembourg, où sa grande fierté et son caractère mélancolique, « baudelairien », l'avaient convaincu de jeter dans un bassin un surveillant d'internat, puis l'école des aviateurs, « Supaéro ». Quand la guerre avait éclaté il avait suivi son groupe de chasse en Algérie et s'était lié d'amitié avec le médecin qui devait un jour m'aider à réviser mes cours de droit. Mais il était mécanicien, les seuls avions qu'il pilotait étaient des planeurs, ce qui d'une certaine façon adoucissait son image ombrageuse dans mon esprit d'enfant. De retour en France il avait conduit toutes sortes de machines, des voitures, des trains, dont la fameuse Pacific 231, même le métro à Paris. Et surtout sa moto, avec moi dessus, pour aller à l'école à Nantes, la guerre finie.

Nantes fut avec Pontaillac la plus belle ville de mes débuts dans la vie. La longue rue du Haut Moreau était calme, provinciale, une rue de curés comme la rue Rousselet à Paris. Nous vivions dans une maison ancienne avec un jardin rempli de camélias où une petite grotte abritait une statue de la Vierge dont le visage était cassé en deux. Au début du mois de juin, pour la Fête-Dieu, je vis les rues tapissées de fleurs sur lesquelles les communiants s'avançaient en aubes et voiles, portant des statues de bois. J'allais à pied à la maternelle abritée dans la basilique Saint-Donatien-et-Saint-Rogatien, monument effrayant. Puis mon père nous emmena dans un quartier moins religieux, rue du Général-Lanrezac, dans un immeuble moderne et sans

Vierge. Au rez-de-chaussée, vivaient un petit vieux avec son cocker noir, et un couple âgé, un frère et une sœur. Et la bonne Armande. Au bout de la rue, il y avait une épicerie tenue par une naine. Je n'avais qu'à frapper au carreau pour qu'elle vienne me faire traverser la rue. Son mari (ou son père ?) s'était un jour blessé un doigt de la main gauche et portait en permanence un doigtier de cuir qui m'intriguait. J'aimais l'observer quand il disait qu'il allait faire une course. La porte de son garage était mitoyenne du magasin, sa voiture toujours garée l'avant vers le fond, ce qui l'obligeait à sortir en marche arrière, sans rien voir. Il démarrait d'un coup, très brusque. Tout le monde s'attendait à ce qu'il emboutisse un camion, ratatine une poignée de marmots. Rien. Le père Delahaye avait du bol, disait mon père. Lui, plus sagement, me juchait sur le réservoir de frelon de sa moto et m'emmenait à l'école en passant par une ruelle où un dogue énorme, à peine retenu par une chaîne trop longue, bondissait vers nous avec des aboiements ignobles. Seul et à pied, je ne prenais jamais cet itinéraire, mais à moto et avec mon père qui répondait au dogue et lui crachait dessus, j'étais rassuré. Il me disait de bien retenir la leçon. « Ce n'est pas toi qui as peur, c'est lui. » Il pensait que j'allais croire une chose pareille.

En fait, cette année, je n'ai appris qu'à lire, mais pour longtemps. L'institutrice, Mlle Monique, accrochait à une ficelle des petits bâtons, traçait au tableau des lettres avec des craies de couleur. Elle parlait avec une telle douceur, sans jamais se fâcher, que je sus lire très vite en espérant lui faire plaisir. J'eus ainsi le prix de lecture avant quatre ans, qui fut l'un des plus tristes qu'on ait eu la mauvaise idée de m'octroyer. Une plaquette cartonnée de rouge, *Le Petit Chaperon rouge*, que je connaissais déjà, un objet assez pelé, d'occasion, rescapé d'une bibliothèque bombardée, sans doute, qui ne pouvait me flatter, mais ce n'était pas le plus grave. Il fallait de surcroît monter sur une estrade, à l'appel de son nom, devant tous les autres élèves moqueurs, et recevoir le livre d'un air poli, sinon reconnaissant, ce qui était un défi à ma timidité. D'où venait celle-ci et pourquoi, je ne l'ai jamais compris. Je n'étais pas paralysé dans d'autres circonstances plus indiscrètes. Mais paraître ainsi, c'était trop, comme plus tard danser. Lire m'a fait gagner ma vie et la perdre en même temps. Encore fallait-il en passer par là pour le savoir. On lit, on écrit, on ne vit plus que dans les mots, les siens et ceux des autres, pendant des années. Et un jour on ne comprend plus qu'un petit nombre de gens, de livres. On est descendu du train et ce n'est pas plus mal. Les livres sont comme les amis, ils meurent bien trop tôt parfois et n'en finissent plus de nous manquer.

IX

Assis à la terrasse du Gymnase par une banale fin de canicule, j'attends. Les Parisiens ne sont pas tous rentrés, pas tous mais très suffisamment. Les camions qui passent sur le boulevard font un peu de vent. Je regarde défiler sur l'écran de mon téléphone les nouvelles du jour et de la nuit, les images d'animaux comiques. Mick Jagger en collants bleu roi et jaquette pailletée rose bonbon ouvre une bouche démesurée : « *You can't always get what you want* », en tortillant de la croupe, un index magistral brandi.

« Ça vous plaît toujours, ces vieilles rengaines de milliardaires ? demande Édouard. C'est atrocement has been.

– Tais-toi, insecte. Ils méritent leur fric, et encore, on leur en doit. Tu préfères sans doute les Gipsy Kings.

– J'aime bien *Bamboléo.*

– Musique de mariage. Moi je veux Jagger et ses amis pour mes obsèques, en tout cas. *Gimme Shelter* pendant la crémation, ce serait cool. Au cimetière d'à côté ensuite.

– Il vous faudra de sacrées relations. Le cimetière est totalement bourré. On n'accepte plus que les chanteurs ou les politiques. Sauf si vous êtes un ami personnel…

– Mais voyons, Édouard, tu le sais, je suis, j'ai toujours été un ami de madame la maire… Tiens, tu peux le demander à mon éditeur.

– Monsieur que voilà », dit Édouard, en lui tirant une chaise.

Manuel présente beau, juste avant la rentrée. Le teint hâlé, l'œil frais, le costume bleu ciel impeccable. Je l'ai connu il y a des années de cela, il était chez Grasset et moi au Seuil. C'est un commun amour pour Witold Gombrowicz qui nous rapprocha. J'étais un lecteur transi de son roman *Cosmos* et Manuel publiait Rita, la veuve du comte polonais. Nous déjeunions chez un Italien discret en face de la faculté de médecine (celle où l'on faisait commerce des cadavres). À cette époque, Manuel était marié à Héloïse. J'eus le plaisir de voyager à Taïwan avec elle grâce à un éminent sinologue qui nous fit déguiser de plumes pour visiter les plantations de thé dans la montagne. Les plumes n'étaient pas du tout nécessaires, il devait s'agir d'une blague, un pari fait avec le guide du thé pour lui montrer la crédulité des Européens en voyage. Il suffit de voir les photos de nous coiffés de parures multicolores en compagnie de jeunes paysannes sorties d'un music-hall campagnard pour s'en rendre compte.

Puis en 2013 Manuel fut nommé à la tête des éditions où j'avais déjà publié *L'Interprétation des singes*. Manuel en avait pris la direction avec beaucoup de diplomatie. Plus tard, en d'autres noces il épousa la ravissante Diane Mazloum, fluide adolescente du Liban qui écrivait des romans, et il publia à son tour un livre autobiographique, *Le Retournement*, sur la complexité de descendre des Juifs du pape d'un côté, d'être né et élevé dans le XVIe à Paris, d'un autre côté, et enfin de passer ses vacances à Beyrouth. Le roman me parut très savant dans des domaines subtils dont j'ignorais presque tout mais qui étaient passionnants, à l'image de bien des conversations qu'il devait avoir eues avec l'inflexible Diane. Laquelle, par ailleurs, se reconnaissait une familiarité de tempérament avec les Sud-Américaines. Pourquoi pas ? concédait Manuel, enchanté. Il avait eu très tôt la réputation d'avoir autant d'appétit que Rabelais et de curiosité que Casanova. Une double façon de s'attirer bien des ennuis, si je peux me permettre.

« Tu ne vas pas nous raconter la vie de ton éditeur, quand même… me murmure Pebaw depuis le balcon où il me surveille.

– Elle est parfois plus drôle que celle des écrivains.

– À qui parle-t-il ? demandent ensemble Édouard et Manuel.

– À mon chat. »

Édouard étouffe un ricanement.

« C'est un de vos auteurs ? »

Manuel lève les sourcils, plein d'indulgence.

« Je connais son chat, cher ami. Donnez-moi un scotch. »

Je toise l'impudent Édouard.

« Tu es trop humain, mon vieux. Ça me rappelle une histoire du Pérou. À Lima il y a beaucoup de gens un peu détraqués, à cause de la cocaïne. Ils ne contrôlent plus, comme on dit. On les place dans des asiles d'aliénés, le temps qu'ils se calment. Mais comme ils sont trop nombreux et que cela coûte cher, tous les étés la municipalité de Lima se livre au même rituel : on procède à un "lâcher de fous" annuel. Pêle-mêle une foule de cinglés et d'anciens drogués sont libérés dans les rues. Et ça se passe très bien. Disons, pas plus mal qu'ici. Je pense qu'il y en a beaucoup parmi eux qui parlent avec les animaux. Pas toi ? »

Édouard bat en retraite.

*

Sur le moment du souvenir, ému par l'évocation du Pérou, j'en oublierais mes petits coups de folie du passé. Avanie et Framboise, chantait Bobby Lapointe. Dans le feu de l'action, ai-je toujours été un saint ? Comme avec beaucoup d'amis de ce temps, je solde les comptes en disant qu'on s'est bien amusés, « plus que nos parents, mieux que nos enfants ». J'ai traversé passionnément trop d'épisodes et de voyages pour ne pas confondre les amis, les amours. Parfois je me trompe sur les dates, les circonstances de mes séjours au Pérou. Ce dîner de fête dans une grande demeure de San Isidro, c'était chez une tante de Joaquina. Ces fastueuses maisons à vendre près du parc des Olivares ? Dans l'une, le propriétaire était couché dans son lit, veillé par son épouse maltraitée qui faisait discrètement visiter à d'éventuels acheteurs son héritage prochain, dans une autre on ne comptait plus les pièces trop vastes, mais j'espérais acquérir l'une des deux pour une nouvelle vie. Ou bien celle qui ressemblait à une chapelle au milieu d'un grand terrain ? La compagne d'un frère de Joaquina nous conduisait, elle dirigeait une agence immobilière. Mais le périple dans Lima la nuit, avec une quarantaine de filles et garçons un peu éméchés en train de danser à bord du bus musical ? C'était l'un des derniers anniversaires de la grand-mère d'Aïda, Emma McBride Miller, Miss Pérou 1930. Et le jeune aventurier qui se disait chaman, venu à l'hôtel nous apporter une plume de condor ? Un cadeau destiné à Joaquina. Elle était en couverture d'un magazine d'actualités, *Caras*, choisie pour un grand rôle dans l'adaptation au cinéma du roman d'Alfredo Bryce Echenique, *Un monde pour Julius*. Dans l'ensemble, je ne me trompais pas trop.

En Suisse, j'étais allé avec Aida pour consulter les archives de la *Neue Zürcher Zeitung*, à Zurich. Mais avec Joaquina j'étais retourné au même hôtel Europa, après avoir visité Bâle avec les nageurs accrochés à de gros ballons, se laissant filer dans le courant du Rhin. Nous avions quitté Zurich par une route de montagne qui se tordait jusqu'au village de Vals et sa station thermale alors fraîchement restaurée, dédale de granit et de cascades chuchotantes, de piscines tièdes en plein ciel où chaque jeudi soir on pouvait venir se baigner à la nuit tombée, à condition de rester strictement silencieux, ce qui donnait à chacun un air comique, et au déplacement de tous dans l'eau muette l'allure inquiétante d'un complot se préparant contre César.

Puis nous avions repris la route vers les Grisons et Sils-Maria. Une petite maison blanche portait le nom de Nietzsche-Haus, où le philosophe avait loué une chambre pendant sept étés et dans laquelle il avait écrit quelques-uns de ses titres majeurs. Au bord du lac voisin, on montrait l'endroit où il avait eu sa première illumination qui devait inaugurer *Ainsi parlait Zarathoustra*. Dans l'entrée, à côté de la caisse, on vendait des photos du maître et quelques livres en allemand. Une collection imposante d'études qui lui étaient consacrées recouvrait les murs. À l'étage, une étiquette sur une flèche désignait sa chambre. Un lit avec un édredon bousculé, une chaise, une table, mais la lumière était faible. Dans le couloir, des vitrines avec des objets personnels, peu nombreux. J'étais perplexe. Joaquina me prit le bras pour voir à nouveau la chambre, quelqu'un venait d'ouvrir les volets de bois. Sur le lit, ce n'était pas un édredon qui paraissait jeté là par des enfants chahuteurs, mais un objet plus ou moins blanc, comme deux grands poissons couchés, difficiles à identifier. Joaquina détacha le cordon qui barrait l'entrée et s'approcha du lit, toucha l'édredon qui résista. Réflexe du philosophe ? Elle insista, l'objet sonna creux. Ce bruit me le fit voir autrement, d'un coup : cette petite baleine échouée sur le lit était une représentation grotesque en plâtre ou plastique des célèbres moustaches du grand Friedrich, assez démesurées pour occuper toute la place du défunt. Sans doute l'idée d'un artiste local.

La route continuait hors de Sils jusqu'à l'hôtel massif du Waldhaus dominant les bois et le lac. On le voyait de loin, puissant château carré qui se dressait au-dessus des arbres sombres et semblait à la fois brutal et enchanté, inaccessible et réservé à une clientèle de demi-dieux. À l'opposé des palais italiens, il était d'une sobriété austère, d'un raffinement caché, plutôt germaniques. Il avait un siècle. Des chambres on découvrait les lacs dans la vallée, masqués parfois sous l'énorme vague des nuages qui descendait des montagnes comme un serpent, une malédiction. On l'oubliait au bar ou au restaurant, la cuisine était un régime en soi, évitant les noms rares et les adjectifs pompeux. On digérait en écoutant un petit orchestre.

Le premier soir, au grand salon, devant un thé, je croisai le regard d'un ami très parisien, A, critique redouté. Joaquina fut intriguée, le trouva sympathique. Je lui conseillai de ne pas le dire trop fort, il n'avait pas l'habitude et pouvait, bien sûr, le prendre mal. Mais ce jour-là, A fut débonnaire. Il devait s'ennuyer un peu, étant venu seul, du moins ce fut son argument devant une dame qu'il ne connaissait pas assez. Je me gardai de toute question qui l'aurait agacé, trop facile, et il me fit son œil de velours. Non, il n'avait pas vu les moustaches de Nietzsche.

« Moi et la philo… »

Et ne s'était pas beaucoup promené non plus. Il lisait dans sa chambre, et venait de conclure qu'il pouvait le faire aussi bien chez lui, à Paris. Il ne me disait pas tout et je ne lui demandai rien. Je ne l'avais jamais vu aussi détendu. Joaquina avait un effet lénifiant sur les tourmentés. A me fit promettre :

« Ne dis à personne que tu m'as vu ici, surtout. Tu sais comme sont les gens. »

Certes. Mais pourquoi donc ? Peut-être pour rien. Pour m'intriguer, jeter un petit spray de mystère. Ce terrible A, dont un seul article venimeux pouvait plonger à Paris un auteur dans une dépression nerveuse carabinée en secouant tous les lecteurs de son journal d'un ricanement affreux, qui vidait les librairies en remplissant les cliniques, voilà qu'il était aimable et mélancolique. Il devait, comme il disait parfois d'un air douloureux, « avoir rencontré quelqu'un ».

Un an plus tard, quand Joaquina et moi, victimes du « spleen de Sils », étions revenus au Waldhaus, nous avions vu à la réception la silhouette élégante d'Alexandra, l'actrice. Dans la salle à manger, elle vint dîner en compagnie d'un cinéaste, bientôt rejoint par son épouse, une romancière pointue, jurée d'un prix d'automne qui était en retard. C'étaient les vacances. À l'heure du limoncello au salon, elle s'inquiéta :

« Tu as lu de bons livres, toi ?

– Non, c'est pire que l'an dernier.

– On dit ça tous les étés… »

Ces trois-là venaient chaque mois d'août faire du cheval en altitude. Pendant une décennie, mes déplacements seul ou accompagné furent si intenses que je ne pus les mémoriser avec exactitude. Sauf pour de petites choses. Les merveilleux détails. En oubliant avec qui je dormais.

La suite, je m'en souviens sans faille. Lors d'une longue promenade sur le lac de Sils en bateau, je photographiai Joaquina en rafales, imitant une comédienne espagnole. Nous avions salué la tombe de Giacometti à Borgonovo, puis étions descendus vers les lacs italiens jusqu'à Mantoue. J'étais presque obsédé depuis le lycée par la couverture d'un petit livre d'Eugenio d'Ors sur le baroque où figuraient des fragments d'une fresque de Jules Romain dans le palais du Té à Mantoue, représentant le combat des Titans et des Géants. Je voulais absolument entrer un jour dans cette ville entourée de remparts et de roseaux, posée au milieu des marais sous une canicule meurtrière, et voir enfin, plus encore que le château labyrinthique des Gonzague et ses peintures de Mantegna, le palais du Té, immense et désert depuis plus de deux cents ans. Ce jour-là, il était frais. Les monstres se penchaient vers nous en basculant des colonnes, des temples fracassés. Quelques Japonais filmaient en silence. La ville était si calme et puissante qu'elle ôtait l'envie d'aller à Venise, dans la cohue des bateaux d'extermination en haute mer.

X

Il arrive un moment dans l'amour où l'on comprend qu'avec cette personne-là, ça n'en finira jamais. Et même si cette certitude se forme plusieurs fois au cours de l'existence, elle est si forte qu'elle n'est pas effacée par la suivante, et qu'elle survit même au chagrin. Elle m'a cueilli avec Joaquina en plein sommeil dans une chambre à Mantoue, un été où le soleil nous martelait à chaque pas en revenant du Palazzo Te. Au bord du lac Majeur en Suisse, sur la route du retour, nous étions allés sur la colline du Monte Verità dans la banlieue d'Ascona, sentir ce qu'il restait des anciens anarchistes végétariens et des danseurs libertaires qui avaient élu cet endroit cent ans plus tôt. Quelques bâtiments épars, des peintures de jeunes gens plutôt féeriques, des photos de philosophes nus.

Mais aussi une impression presque surnaturelle d'être sur un sommet de vie, un pôle d'énergie sensuelle qui puisait dans l'histoire et peut-être dans quelques métaux rares enfouis là par hasard. Il fallait bien une chance imprévisible pour que des esprits originaux venus de partout aient reconnu ce même endroit sous les pins et l'aient nommé « la Montagne de la Vérité ».

*

Il y a plus de vingt ans de cela, j'avais fait la connaissance de Joaquina au théâtre et elle m'avait parlé du mari qu'elle avait quitté, de l'amant qui lui avait succédé et qui la trompait. Le premier était un homme qui gagnait bien sa vie en écrivant et la dépensait en buvant trop. Il avait perdu son charme premier et lui tendait des pièges bizarres, cachait dans ses draps des pointes de flèches empoisonnées rapportées d'Amazonie, dans ses repas des poudres de champignons toxiques, à peine s'il ne la battait pas. Il avait été maltraité par son beau-père et sa mère, avait vu des horreurs en Algérie, en avait sans doute commis, ne se pardonnait rien. Elle venait d'une famille qui n'avait pas maintenu sa richesse au rang de ses ancêtres et ne l'oubliait pas. Le divorce semblait interminable et l'amant ne promettait rien de bon, un plaisir immédiat, un avenir menteur. Le plaisir n'était pas à négliger, disait-elle, il n'y a rien de sale dans l'amour, ce qui me parut être une promesse très libérale. Trop floue peut-être. Le mieux était d'en avoir le cœur net mais sans le briser. Je lui dis qu'elle devinait bien ce que je ressentais, mais que je ne voulais pas insister. Elle saurait deviner et me faire signe ou non lorsqu'elle verrait clair en elle-même.

« Vous croyez ? »

Et un jour, au premier étage d'un grand café de Montparnasse où nous étions à l'abri du bruit, elle me dit à voix basse qu'à son avis je la laissais trop me parler de l'amour et que nous perdions beaucoup de temps avec mes attitudes chevaleresques qui protégeaient plus ma fierté que la sienne. Il est peut-être blessant pour un homme d'être écarté par une femme, elle en revanche n'y perd rien. Où avait-elle appris ces codes classiques de la courtoisie ? Dans quels romans ? Au lycée français ?

« Mais, voyons, au cinéma. »

J'avais pris doucement sa main sur la nappe, embrassé son poignet sans répondre et nous étions rentrés chez moi. Tard dans la soirée, on sonna à la porte, une fois, vingt fois. C'était l'amant, il avait un sale caractère. Moi aussi, pas question d'ouvrir, d'abord fermer le compteur pour couper la sonnette. Il a dû fouiller dans mes affaires, trouver ton adresse, nous a peut-être suivis. Le lendemain matin, il était parti et je descendis au garage avec Joaquina. Nous serions en paix à la campagne dans la maison de Samois-sur-Seine où elle était déjà venue. On pouvait aussi y inviter deux de ses amies. Mais le séducteur enfin éconduit avait aussi mon numéro et je dus lui faire la morale au téléphone, lui dire d'un ton paternel qu'il y avait de la grandeur à laisser partir l'amour, qu'il ne gagnerait jamais contre une femme douce et forte comme elle, etc. Toutes les leçons qu'on m'avait serinées dans mes désespoirs de jeunesse, et qui n'avaient rien apaisé. Je lui parlai comme un bon camarade, avec sympathie, et il en fut si décontenancé qu'il n'appela plus jamais.

Il restait en piste quelques artistes dont elle avait sollicité les talents. Un avocat relativement bon marché, qui avait commencé de lui faire une cour patiente en lui adressant par courrier des poèmes sentimentaux, un par semaine, mais qui n'avait pas fait avancer son dossier en deux ans. Un autre, bien plus cher, n'avait pas osé grand-chose contre une dame un peu maquerelle qui entretenait une agence de mannequins. Je n'aurais d'autre compétence auprès de Joaquina que d'être là, de la rassurer et de lui faire prendre l'air, loin des méchants. C'est ainsi que nous étions partis pour l'Italie, l'Estrémadure, le Pérou, et que nous n'en sommes jamais complètement revenus.

*

Olivier se penche et me désigne un grand barbu à la terrasse du Gymnase. Un nouveau serveur, il a une bonne tête. Olivier hoche la sienne :

« En effet, c'est un de mes cousins. Il est cogérant avec moi, serveur à l'occasion et s'appelle Daniel en même temps. Ce n'est pas une raison, notez-le.

– Une raison de quoi ?

– Comme ça. »

Sur un signe d'Édouard, l'aimable Daniel me sourit. Avec sa barbe raide et noire il ressemble à Landru. Je vais lui en faire le compliment quand il s'approche et soupire :

« Je sais, je sais. Mais ce n'est pas une raison, notez-le, dirait l'autre. Vous voulez une autre limonade ? Attention, c'est traître.

– Bien serrée, alors, cousin. »

Il revient, amadoué. Il a dû écouter mes conversations précédentes, car il m'interroge *mezza voce* :

« Vous avez beaucoup voyagé, on dirait. Vous cherchez quelque chose, peut-être. Vous avez trouvé ? Il faut commencer par où ? »

Par l'Asie. Il y a une grande île qui ressemble à une pieuvre écrasée, les Célèbes, où les enfants vont à l'école en chantant. De temps à autre on fait une fête au village et on sacrifie un buffle pour le manger lors d'un banquet. Les enfants gardent les sabots du buffle et les tirent avec des ficelles comme des petites voitures dans la poussière. On enterre les morts dans le flanc des falaises. Parfois, il faut patienter pour qu'une place soit libre, alors on garde le mort dans un coffre bien fermé, au milieu de la maison. J'ai dîné plus d'une heure assis sur le coffre où reposait une grand-mère, sans le savoir.

« Pas d'odeur ? demande Daniel.

– Ils ont toutes sortes de plantes pour ça. À Bali, au bord d'une route assez fréquentée, il y a un genre d'abri où l'on rend hommage à un saint homme momifié, un sage, tout habillé, coiffé d'un turban sale, avec des lunettes de traviole et un petit texte sur un panneau pour expliquer en quoi son existence, ses actes remarquables, son enseignement méritent que nous ayons une pensée pour lui, mais ce n'est pas traduit et mon chauffeur de taxi ne savait pas lire. Il y a un hôtel sur une plage où des dizaines d'enfants font voler des cerfs-volants le soir, dans le soleil couchant. Mais les plages les plus belles, les plus longues sont à Java, sur la côte sud. On voit beaucoup de femmes vêtues de couleurs vives à la mode musulmane, courir à cheval sur le sable, à Parangtritis. Et les volcans, le Krakatoa, le Merapi, des douzaines.

– Pourquoi l'Asie d'abord ?
– Pour tout recommencer. »

Daniel est trop jeune pour avoir déjà envie. Il faut avoir fini, épuisé bien des aubaines. Connu les voisins indispensables, l'Italie, l'Angleterre, l'Espagne, l'Europe et l'Amérique, etc. Tous les Etcætera-Unis, avec leurs musées et leurs charmants petits ports, leurs routes toutes droites dans le désert et leurs bistros masqués sous le crachin, leurs ruines grecques, leurs banlieues de briques et de rockers fauchés, ce folklore mondial de fin d'études pour que les garçons du Vieux Monde jettent leur gourme au vent. Certains voyagent plus loin, là où la langue ne dit plus rien, ni le paysage, ni les temples, ni les publicités. On ne comprend pas tout de suite comment la joie s'exprime, l'ennui. Comment on se remercie. L'Asie est comme ça, bien qu'elle occupe la moitié du globe. C'est ce qui m'apaise et m'allège, comme si je pouvais vivre ici plus librement que chez moi, sans passé, sans dette, oublié, et tout recommencer.

*

Il y a beaucoup de choses concernant Paris que je n'ai pas comprises, tous les habitants de cette ville à la fois petite et toujours inépuisable sont comme moi, même ceux qui ne font pas attention aux mondes enchâssés : on ouvre les yeux, on s'attend à voir le ciel ou la page du journal qu'on venait d'ouvrir sous la lampe, et en fait c'est une autre forme qui nous happe, noyée dans celle qui nous fait faux bond. Le vent nous aveugle et l'on appuie les doigts sur nos paupières pour les apaiser, les oiseaux sur le toit sont envolés. Comme si l'on ne percevait qu'une fine peau de la réalité, une pellicule qui en recouvre une autre et peut se fondre en une fraction de seconde, s'évaporer avec ses personnages et son décor, son rideau de scène, pour faire place à une vue, un paysage qu'on ne soupçonnait pas, caché par le précédent, et ainsi de suite, il y en aurait des couches successives mille fois plus nombreuses que les pelures d'un oignon, de quoi pleurer à l'infini.

C'est souvent la nuit qu'un de ces phénomènes de vision dérobée me surprend, quand je m'approche des fenêtres sur le boulevard Raspail où la couleur verte est si intense qu'on la dirait exaspérée par l'obscurité du ciel, attisée par les nuages, la préparation des orages qui voile l'éclat des étoiles, les phares des avions qui croisent silencieusement au-dessus de Paris. La chaussée brille froidement par endroits, quelques fenêtres sont allumées du côté des numéros impairs, je ne suis pas le seul à attendre vainement le sommeil en cet endroit, cette époque, les réverbères anciens haut juchés jusque dans le feuillage des arbres en deux rangées, et les nouveaux plus minces que l'on vient d'ajouter devant les trottoirs, les entrées d'immeubles, pour apaiser les piétons qui remontent à toute heure vers Denfert-Rochereau, les hôtels L'Aiglon, Léopold. Les lumières intérieures des salons ou des chambres et les ampoules jaunes des lampadaires publics se mélangent, se doublent et dessinent des parties de branchage doucement balancées que j'essaie en vain de fixer du regard.

Une nuit de juin, quelques feuilles opaques et jeunes se sont figées devant le rectangle blanc d'une fenêtre en face de moi, au même étage, du côté impair, dans un appartement qui venait de trouver acquéreur. La pièce était vide. Les feuilles se sont immobilisées un instant, découpant un contour d'encre sur les murs vibrants, un œil sarcastique peut-être, un visage qu'il m'a semblé reconnaître. D'où venait ce sourire équivoque, ce sourcil levé qui semblait émettre un doute, poser une question tout en ayant déjà la réponse, désobligeante ? Un personnage à la Louis Jouvet dans *Volpone*, un railleur prétentieux de la Comédie-Française. Un adulte maléfique et menaçant qui se moquait de l'enfant tapi en moi, suivi par mes chats. Ou bien, se tournant dans les brises de l'air, un profil oublié d'un ami d'autrefois, la silhouette de la petite fille du passage Saint-Michel. Les arbres m'envoyaient des messages de mes fantômes intimes, ceux que je suis seul à avoir vus de leur vivant, que plus personne ne saurait appeler par leur nom, et ce qui m'étonna ce soir-là et tous les autres où je pus observer ces visages humains sur les murs des numéros impairs, c'est qu'ils s'adressaient à moi, qui les avais aimés.

« Aimés ? Tu crois ça ? Pas tous... »

Un soir, c'est ce que me dit Pebaw lisant dans mes pensées. Il s'est approché de moi dans la pénombre, ses pattes à coussins d'air sur la moquette beige n'ont pas fait le moindre bruit. Il est entré dans la maison de teck que j'ai rapportée de Bangkok et posée sur une table basse de fer. On accède à la maison des esprits par un escalier muni de rampes, donnant sur une coursive carrée qui fait le tour de la maison. Le toit est à deux pans, pointu, avec une décoration sculptée aux faîtes. Une balustrade borde le plateau où est posée la maison et représente la réalité sur laquelle se tient le tout. Ce socle de bois peut-être un tableau, une feuille à dessin, un pré de verdure, une étendue de sable ou de graviers, on peut le déplacer, le renverser, c'est un espace de représentation. On n'y pense pas assez lorsqu'on fait l'acquisition d'une telle maison sur place, à Bangkok ou n'importe où dans la campagne. Il y en a partout. Les Thaïs les installent à proximité de chaque endroit où ils souhaitent habiter. Les maisons des esprits sont supposées attirer en elles tous les esprits qui pourraient porter préjudice aux nouveaux qui s'installent, les empoisonner, leur transmettre des maladies, la malchance. Pour les neutraliser on dispose à l'intérieur de la maison des petits récipients contenant des aliments, des fruits, des gâteaux susceptibles de plaire aux esprits morts mais gourmands. Parfois, si la maison existe déjà quand on emménage, les esprits sont vieux et il faut découvrir leurs goûts pour les satisfaire, suivre les conseils des anciens occupants, des voisins. Si elle est neuve et qu'on la fait construire, il vaut mieux se fier à ce que l'on sait de l'appétit des vivants qui vont venir et s'en inspirer pour dresser le menu, il y a toujours un lien de sympathie qui se crée entre les humains et les esprits qui les enchantent et les tourmentent.

Dans les villes, la principale difficulté est d'imaginer des maisons en harmonie avec des constructions modernes qui comportent des dizaines ou des centaines d'appartements, il n'est pas possible de multiplier les maisons et encore moins de trouver une harmonie entre les esprits et les habitants des tours. Une grosse maison en ciment et mosaïque est posée près de l'entrée ou sur un tapis de gazon et on déclare qu'elle contient tous les délices de la cuisine locale, excellente. Sans placer aucune miniature salée ou sucrée au-dedans. Il n'est pas sûr que les esprits soient dupes de ce procédé grossier, les touristes eux-mêmes n'en voudraient pas. Les promoteurs qui multiplient ce genre de tromperie niaise sont des étrangers ou des Thaïs qui ne croient plus en rien, qui construisent dans le mépris de leur pays, de ses traditions, en se donnant l'allure de jeunes incrédules assoiffés de réussite. Les artisans d'autrefois n'avaient pas travaillé pour rien, cependant, et se vengent à chaque tremblement du sol, ou avec les pluies de mousson.

En installant cette maison de teck près d'une fenêtre, boulevard Raspail, je n'ai pas cherché à copier un rituel né au loin. J'ai voulu avoir un rappel de ce lointain, et non le singer. Je n'y mets aucun aliment, Joaquina non plus. L'unique pièce intérieure d'une maison des esprits est assez grande pour contenir plusieurs mains d'homme à plat. Ou un chat roulé en boule, ce que Pebaw a compris le jour où il a accepté de rester chez nous. Il n'a hérité des esprits de personne, la maison était neuve, donc vierge de tout passé. Il s'est contenté de regarder, d'écouter, de meubler l'endroit avec tout ce qu'il pouvait deviner, rafistoler, coudre ensemble. Les gens qui écrivent sont toujours encombrés d'un tas de souvenirs insubmersibles, de conversations interrompues, d'aveux retenus. Un chat un peu doué est capable de reconstituer derrière les silences tout ce qui n'a pas été dit, de retrouver les mots qui devaient nous confondre ou nous blesser, tout un bagage muet, laissé de côté il y a longtemps, dans l'enfance, par lâcheté, indécision, pour ne pas se risquer trop, qu'on n'oubliera qu'avec la vie. Et Pebaw est supérieurement doué, je le sais dès le premier jour, autant qu'il est beau. Je sais qu'il est là dans le temple de teck, le museau à l'abri sous sa queue, et qu'il ne dort pas. Il m'écoute, me voit dans la nuit, m'entend rêvasser. C'est lui qui écrit ce que je ne sais pas encore. Comment fait-il ? Un regard en douce dans la fourrure grise. À le voir s'étirer sur le tapis devant sa maison, long et cambré comme un archet de violon, ça a l'air si facile de se rassembler, de ne faire plus qu'un, d'être éternel. La prochaine fois, je reviendrai sous la forme d'un chat.

Cet ouvrage a été composé
par Maury à Malesherbes
et achevé d'imprimer en France
par CPI BUSSIÈRE (18200 Saint-Amand-Montrond)
pour le compte des Éditions Stock
21, rue du Montparnasse, 75006 Paris
en février 2024

PAPIER CERTIFIÉ

Stock s'engage pour l'environnement en réduisant l'empreinte carbone de ses livres. Celle de cet exemplaire est de :
350 g éq. CO_2
Rendez-vous sur www.editions-stock-durable.fr

Imprimé en France

Dépôt légal : février 2024
N° d'édition : 01 - N° d'impression : 2076197
38-51-4468/8